Tartuffe fait ramadan

DU MÊME AUTEUR

SOUS LE NOM DE MELMOTH :
Being, Christian Bourgois, 1969. Épuisé

SOUS LE NOM DE DASHIELL HEDAYAT :
Le Bleu le bleu, Christian Bourgois, 1971. Épuisé
Le Livre des morts-vivants, Christian Bourgois, 1972. Épuisé
Selva Oscura, Flammarion, 1974. Épuisé
Jeux d'intérieur au bord de l'océan, Christian Bourgois,
1979. Épuisé

SOUS LE NOM DE JACK-ALAIN LÉGER :
Mon Premier Amour, Grasset, 1973
Un ciel si fragile, Grasset, 1975, Folio Gallimard, 1989
Monsignore, Laffont, 1976. Épuisé
Capriccio, Laffont, 1978. Épuisé.
Nouvelle édition, Julliard, 1995
L'Heure du tigre, Laffont 1979. Épuisé. Nouvelle édition :
La Table ronde, 1990. Intégralement pilonnée par l'éditeur
Monsignore II, Laffont, 1981 *Épuisé*
Ocean Boulevard, Flammarion, 1982
Autoportrait au loup, Flammarion, 1982
Pacific Palisades, Flammarion, 1984. Folio Gallimard, 1988
Wanderweg, Gallimard, 1986
Clips, inédit, 1988 Extraits parus dans *L'Infini n° 22*
Le Siècle des ténèbres, Orban, 1989. Édition intégralement
pilonnée par l'éditeur. Nouvelle édition, Ancrage, 2000
Le Roman, Orban, 1991. Édition intégralement pilonnée
par l'éditeur
Les Souliers rouges de la duchesse, François Bourin, 1992.
Indisponible de fait
Richard Strauss, inédit, 1993
Le Duo du II, Bernard Dumerchez, 1993. Épuisé
Jacob Jacobi, Julliard, 1993. Pocket, 1995. Épuisé
Monsignore I & II, Julliard, 1994
(suite en fin de volume)

Jack-Alain Léger

Tartuffe
fait ramadan

DENOËL

*En application de la loi du 11 mars 1957,
il est interdit de reproduire intégralement ou partiellement
le présent ouvrage sans l'autorisation de l'éditeur
ou du Centre français d'exploitation du droit de copie.*

© 2003, by Éditions Denoël
9, rue du Cherche-Midi, 75006 Paris
ISBN 2-207-25593-X
B 25593.6

*à Latifa, Rachida, Samira et Zahia,
à Abdellatif, Ahmed, Ahmed,
Ali, Mourad et Moustafa
qui, comme moi, disent « Xlas ! »*

« L'amour qui nous attache aux beautés éternelles
N'étouffe pas en nous l'amour des temporelles… »
Molière, *Le Tartuffe,* acte III, scène III

I

Un spectre, voilé comme le sont d'ordinaire les spectres, hante la France, et ce spectre, puisqu'il faut l'appeler par son nom, n'est autre que l'Islam.

J'entends déjà se récrier autour de moi la meute scandalisée des bien-pensants : adeptes de la servitude volontaire au nom de la liberté, éternels ravis au spectacle du décervelage des foules par la foi, dévots de l'ordre social quelle qu'en soit la couleur, noir, brun, rouge ou vert, ces idiots utiles dont ont toujours su s'entourer les fanatiques, ces compagnons de route habituels des entreprises totalitaires, je les entends s'écrier « isme ! », me reprendre en chœur pour compléter ce mot d'islam en y entant l'effrayant suffixe, explosif, terroriste, m'assener qu'il faut dire « islamisme » ! les plus indulgents s'imaginant que j'ai commis un simple lapsus, les plus cuistres m'infligeant un cours d'histoire religieuse ou, pour mieux dire, un cours d'anachronismes – la tolérance qui régnait à Cordoue au IVe siècle de l'hégire justifierait tout ce qui a suivi, jusqu'à nos jours et jusque dans les cités pourraves du 93 –, les plus aliénés, ou les plus pervers, qui sont aussi les plus nombreux, m'insultant alors, me traitant de provocateur, voire (pourquoi se priver de l'arme absolue quand il s'agit de désarmer un adversaire et faire taire, pour le coup, un mal-pensant ?) de raciste.

De cela, j'ai l'habitude. J'ai déjà subi quelques campagnes de diffamation, quelques procès en sorcellerie. Car de la part d'un écrivain français de souche, comme on dit, il est désormais suspect de ne pas se poser la question des origines, sociales ou raciales, de ceux qui nous entourent, mais d'en plaisanter au contraire, mais de jouer avec son identité, et de fréquenter en toute liberté, sans se justifier politiquement, en invoquant uniquement son bon droit sinon son bon plaisir, son désir, sa fantaisie, un penchant secret, une envie d'aventures, le hasard, la surprise de l'amour, les affinités électives, que sais-je encore ? des Arabes, des Blacks (dire « Noirs » serait, de la part d'un Blanc éduqué, aggraver son cas, jugé presque aussi répréhensible que s'il disait « Nègres »), bref, pour reprendre une expression qui fleure bon l'époque idéologiquement bénie de la décolonisation : des damnés de la terre. Ou, en un mot, des victimes. Nul doute que Jean Genet, s'il vivait aujourd'hui, serait non seulement traité d'antisémite, c'est fait depuis longtemps, mais aussi, à cause de son exigeante fraternité, taxé de racisme envers les Arabes.

Suspect, donc. Suspect aux yeux des beaufs du Front national, ce qui n'est certes pas nouveau, mais, ce qui est nouveau : aussi suspect aux yeux des engagés d'une jeune gauche communautariste qui cherche à imposer sa tolérance coercitive, son dogmatisme mou, la dure loi du n'importe quoi. *Buntgesprenkelten*, comme déjà les nommait Nietzsche, ces « Bariolés », ces « Bigarrés », à la fois prédicateurs d'égalité et partisans obstinés du droit à la différence, ces histrions pétris de mauvaise conscience qui voudraient pouvoir battre leur coulpe sur la poitrine de leurs prochains et prétendent réparer les atrocités perpétrées par la vieille gauche mollette en renchérissant dans la haine de soi et de l'Occident… Ces zélés délateurs, ces dévots qui, avec la ferveur des gardes rouges chassant l'ennemi de classe, voient en tout lettré un peu subtil, en tout artiste qui doute, en tout penseur qui éprouve un rien de nostalgie pour les fastes du monde d'hier ou les prestiges de l'ordre ancien, un lepéniste ! un fasciste ! un raciste ! l'homme à abattre.

Après tout, Sartre traitait de chiens les anticommunistes et de salaud, Camus. Sans l'ombre de son talent, en n'ayant retenu de son combat et de son magistère que l'aspect le plus détestable, l'aspect flic, l'aspect indic, les jeunes roquets de la presse jeune comme les vieux cabots des vieux news peuvent donc bien aboyer après les mauvais esprits, lever la patte, chercher à les mordre. Ils ne font que poursuivre sur un mode mineur, minable, la continuelle campagne de diffamation que les gens de lettres mènent contre les écrivains depuis qu'on publie des livres et que se jouent des comédies. La cabale qui tenta de déconsidérer Rabelais, Scarron, Molière, Voltaire, Diderot, Rousseau, Beaumarchais, Sade, Michelet, Balzac, Baudelaire, Zola, Proust, Cocteau, Genet, Guyotat, et tant d'autres, n'aura pas de fin, si ce n'est celle de la littérature. Encore un effort, les rats, les ratés ! nous y sommes presque.

Ils traquent et truquent, ils persécutent, ils fichent, ils calomnient, ils mouchardent, ils dénoncent au marbre, à l'écran ou sur la Toile, ils incriminent sur les ondes et les plateaux des talk-shows... Dans la société du Spectacle, le lynchage médiatique tient lieu de procès populaire. J'en aurai subi plus d'un, j'en suis fier.

Car est fasciste, est raciste selon les critères de cette police de la pensée celui qui estime n'avoir pas à expier les crimes de ses aïeux : celui qui considère que, quoique blanc, il n'est pas coupable de la traite des Noirs, que, quoique chrétien, il ne se souvient pas d'avoir en personne pris part aux croisades, que, quoique français, il n'a jamais torturé en Algérie. Est fasciste, est raciste celui qui se sait assez exempt de préjugés pour pouvoir examiner les croyances, les coutumes, les mœurs étrangères aux siennes, s'autoriser de soi seul pour en juger, évaluer les autres cultures selon ses propres canons et les dire bonnes ou mauvaises, se moquer des manies obsidionales du ghetto, des folies identitaires, des différences trop fièrement revendiquées, défendre son droit sacré à l'indifférence, ou au rire, voire au ricanement, oui ! railler autrui s'il le mérite, ne pas se plier à l'injonction de respecter sa foi, de rester sérieux devant son dieu ! déjouer le chantage affectif des victimes de l'injustice et du mépris qui se veulent victimes et seulement victimes, éternelles victimes afin que le passé ne passe jamais, afin que l'avenir soit une infinie revanche, un ressassement, une histoire du ressentiment ! refuser, oui, refuser que leur faiblesse d'anciens esclaves devienne une force, un pouvoir, une forme de terreur, et pourquoi pas ? oser affirmer la supériorité d'une civilisation sur une autre à un moment donné et, plus encore, la supériorité d'une civilisation, si imparfaite, si décadente qu'elle soit, sur une envahissante barbarie, d'où qu'elle vienne, sur ce déferlement des ténèbres. Ainsi, est fasciste, est raciste aux yeux de ces démocrates intégristes partisans d'un tribalisme total, totalitaire, celui qui souhaite raison garder et sauvegarder le rationalisme cartésien et l'héritage des Lumières. Est fasciste, est raciste celui qui craint pour nos libertés si chèrement conquises, celui qui se permet d'alerter ses concitoyens sur les dangers de l'obscurantisme, celui qui s'inquiète de la menace islamique – je dis bien « ique », pas « iste » –, celui qui appelle un chat un chat, et Tariq Ramadan un Tartuffe, et un raciste.

« Islamophobe ! » Est décrété islamophobe celui qui tient un tel discours. Je suis islamophobe. Car tout n'est que phobie au dire des minorités agissantes. L'argument psychiatrique, l'explication d'un comportement par une haine pathologique est l'arme favorite des groupes de pression qui cherchent à faire taire les contradicteurs, descendent dans la rue au besoin, vocifèrent sur la place publique devant caméras et micros complaisamment tendus : qu'il soit bien entendu que l'adversaire est un malade, un fou. Lobbies contre phobies, c'est à quoi se réduit de nos jours le débat de société.

« Islamophobie » est donc le dernier concept (concept est un bien grand mot pour quelque chose de simplement con !), « islamophobie » est la dernière tarte à la crème, la poignée de boue que les intégristes musulmans jettent au visage de ceux qui ont le courage de dénoncer leurs manigances et leur double langage dans ce qu'il est convenu de nommer l'affaire du voile. « Islamophobie », sifflent dans leur barbe ces barbus avec des airs de saints effarouchés. « Islamophobie », scandent alors en chœur les crétins de service, compagnons de route et autres idiots utiles : mimiles militants mi-tiers-mondistes mi-droits-de-l'hommistes, curés de gauche et gauchistes angélistes, altermondialistes du courant vert et verts du courant rose, sans oublier les habituels nigauds du MRAP, sans qui il n'est pas de manif réussie – « Tous ensemble ! Tous ensemble ! » Et Raffarin, pour finir, de savourer le mot avec une de ces mines à la fois gourmandes et chafouines dont ce patelin pantin a le secret. À court de raffarinades, ne sachant trop quoi rétorquer à ceux qui, comme moi, déplorent la vicieuse complaisance de son gouvernement quand il traite avec les fascistes qui siègent au Conseil français du culte musulman, ou ce qu'il faut bien appeler la déculottée de son ministre de l'Intérieur devant les femmes voilées venues l'acclamer au Bourget, le Premier ministre nous décoche à son tour l'argument massue : « Islamophobie ! »

Les barbus, entendant cela : « Allahou akbar ! » Autrement dit : « On a gagné ! On a gagné ! »

Je serais islamophobe, comme on m'en accuse aujourd'hui ? Mais oui ! Et comment ! Comment faire autrement si l'islam se montre athéophobe, éleuthériophobe, apostasiophobe, gynophobe, homophobe, judéophobe, hétérophobe, exogamophobe, érotophobe, hédonophobe, eidolophobe, œnophobe, et j'en passe ? Puisque l'islam est la religion, la culture, l'organisation sociale, morale et juridique qui, plus que toute autre au monde, a placé au centre de sa conception du monde, tel un gigantesque trou noir dans son ciel, condensant en une seule notion l'interdit et le sacré : « haram », le tabou. Puisque l'islam est la civilisation qui, plus que toute autre au monde, a poussé jusqu'à l'obsessionnel l'angoisse de la souillure, la répulsion envers le sale, envers l'impur, y inclus la chevelure des femmes et le sang menstruel ou animal – en un mot, la phobie. (*Aversion irraisonnée*, selon la définition du dictionnaire. Aversion pour les athées, les esprits libres ou ceux qui se sont convertis à une autre religion, aversion pour les femmes, les homosexuels, les Juifs, aversion pour l'autre en général, aversion pour les mariages hors clan, aversion pour l'amour, le plaisir, les images, le vin…)

Je ne dirai donc pas « islamisme » mais « islam ». Je ferai comme mes amis Ahmed, l'autre Ahmed, Ali, Assia, Aziz, Fadela, Latifa, Magyd, Moh, Mourad, Moustafa, Rachida, Sami, Samira, Souad, Zahia, Zoulyka, Zoraïa d'Aubervilliers, que l'aveuglement ou la futilité de leurs compatriotes nés de parents chrétiens ou juifs exaspèrent dès lors que ce sujet revient sur le tapis. Quand ils entendent parler, sans rire, d'un islam ouvert, d'un islam généreux et, mieux, d'un islam libérateur ! d'un « islam émancipateur » (sic) ! Ou qu'ils entendent dire qu'un islam apaisé n'est pas un fantasme ! qu'il existerait un islam tolérant ! un islam modéré ! un islam respectueux des droits de l'homme... Et de la femme ! mais oui, des droits de la femme ! de sa dignité voilée, forcément voilée ! du droit de la femme à se voiler ! Ou encore – au point où l'on est dans le délire, pourquoi pas ? un « islam laïque » ! Bel oxymoron ! « Le beurre sans matière grasse, le sel sucré, l'eau sèche ! », ironise Zoraïa d'Aubervilliers.

Islam, islamisme... Eux savent de quoi ils parlent et pourquoi ils réfutent ces arguties sémantiques, ces ergotages, ces « enculages de mouches islamiques » (là, je cite Moh). Comme on claque une porte, slam ! ils coupent la parole à ceux qui évoquent devant eux leur inquiétude à voir se propager l'islamisme... « L'islam, vous voulez dire ? » Et, certes, le terrorisme islamiste les remplit comme nous tous d'horreur, mais cet effroi fait écho en eux à des peurs d'enfants, leur rappelle des avanies, des humiliations, des sévices au nom de Dieu – « bismillah ! » –, et leurs hontes, leurs larmes ravalées, leurs cris tus, leurs bleus. Ils ont été blessés. Ils savent, oui. Nés de parents musulmans, ils ont, et surtout les filles, assez souffert de leur éducation : apprentissage à la plus vile soumission, à la bassesse, à la fausseté, violences et silences, refoulement morbide et haine de soi, sur quoi flotte toujours, comme un voile, une invite à l'inceste. Ils en ont assez enduré pour savoir que l'écart entre islam et islamisme n'est pas si grand, que la différence entre les deux entités n'est pas question de nature mais d'intensité. L'islamisme est de l'islam à un autre degré, sa variante meurtrière. L'islamisme est la métastase de ce mal, l'islam. Le témoin d'un état de décomposition avancée dans ce qui fut, en effet, une brillante civilisation à un moment donné. Une étoile morte, à des années lumières de l'Occident, trop lointaine pour que nous puissions en recevoir encore une clarté.

Dans le terrorisme des Brigades rouges, les intellectuels italiens les mieux avisés reconnaissaient une tumeur du communisme, une excroissance morbide ; les plus poètes, « sa fleur vénéneuse ». Les poseurs de bombes, les revolveristes, les jambisateurs leur apparaissaient comme les frères dévoyés des sages encartés du Parti. L'activisme assassin des brigadistes était, si l'on ose dire, du communismisme. Leur brutalité sanglante, leur mauvaise foi, leur nihilisme, le fruit de l'enseignement léniniste. Leur cruauté, leur inhumanité, leur perversité, celles des premiers bolcheviques dont nul, à l'intérieur du glorieux parti communiste italien devenu pourtant, avec le temps, paisible formation parlementaire, n'avait jamais songé à faire la critique dans les journaux du parti, les cellules ou, aux cours du soir, devant les jeunes recrues et les nouveaux inscrits... Lesquels, après avoir quitté le Parti, formeraient les cadres des Brigades rouges. La barbarie, ils l'avaient apprise du communisme. Comme les Frères musulmans, les salafistes, les djihadistes, les tueurs du GIA, ou ces pilotes des vols AAL 11 et UAL 175 qui détruisirent les tours du World Trade Center, l'ont apprise de l'islam. Où ? Comment ? À la médersa, en récitant le Coran. À la mosquée, en priant prosternés devant l'invisible, le front tourné vers La Mecque. « La ilaha illa Allah ! » Il n'est de dieu que Dieu.

Et d'islam, que l'islam.

Et si je dis islam et non islamisme, c'est aussi que je repense à une discussion fort éclairante que j'eus avec des amis marocains, il y a quelques années, à Casablanca. Les massacres des fous de Dieu ensanglantaient alors l'Algérie, commis avec l'aval de l'Armée, son indolence ou son incurie selon les uns, son soutien, sa complicité active selon d'autres observateurs certainement plus lucides : nombre d'assassinats visant des opposants au pouvoir, intellectuels et artistes, servaient trop bien sa cause cachée, si peu cachée, la seule cause de l'Armée algérienne, qui est, qui a toujours été, depuis le tout début, depuis le jour de l'Indépendance, de le garder à jamais, ce pouvoir. De l'asseoir sur un monceau de cadavres, si Dieu, le socialisme et la sauvegarde des privilèges et comptes bancaires à l'étranger l'exigeaient.

Je n'ai pas la télévision, je ne regarde jamais *Paris-Match*, on ne le trouve ni chez mon dentiste ni chez mon coiffeur, mais je connais l'œuvre gravé et les peintures noires de Goya et j'avais assez d'imagination pour voir, au sens d'avoir des visions, voir une horreur qui semblait pourtant excéder les capacités de l'imaginaire humain : ces décapitations de masse en Mitidja, dont on pouvait lire des comptes rendus dans son quotidien, médusaient littéralement (confer le mythe de Méduse). Mais bien que lecteur assidu de la presse dite sérieuse, ou parce que lecteur assidu de la presse dite sérieuse, je devais avouer ne plus rien saisir, par l'intellect, de ce qui se jouait alors.

La conversation roulait donc sur la folie religieuse, et pour la dix ou douzième fois j'employais le terme d'islamisme, quand Rabah, me coupant, non sans s'excuser avec l'exquise courtoisie, quasi excessive, que mettent à cet exercice les Marocains, me dit : « Sauf votre respect, l'islam, Léger, l'islam ! Sachez-le, chaque fois que nous vous entendrons prononcer le mot "islamisme", il y en aura au moins un parmi nous pour vous reprendre et vous faire "… slam !". Car la question n'est pas tant l'islamisme que, bel et bien, l'islam. Dont l'islamisme n'est qu'un excès. Comme le stalinisme fut un excès du communisme. Le problème n'en était pas moins le communisme. Distinguer l'islamisme de l'islam est, pardon de vous dire les choses si abruptement, une frivolité, un caprice d'intellectuel occidental qui se berce d'illusions, un luxe que peut s'autoriser quelqu'un qui ne sent pas peser sur ses épaules le poids des traditions islamiques, quelqu'un qui n'a pas à subir dans sa vie de tous les jours les préceptes moraux et juridiques tirés du Coran… »

Je n'ai évidemment pas le verbatim de notre conversation et je change ici les prénoms de mes amis : Jamila, Fati, Assia, Hamza, Jalil, Rabah ; on ne saurait se montrer trop prudent s'il s'agit de protéger des originaux vivant sous un régime qui, en dépit de ce que prétendent certains journalistes parisiens très parisiens qui, aux frais du roi, passent leurs vacances d'hiver à la Mamounia, est un régime policier – « dans un pays où la délation constitue la première activité nationale » (dixit Fati). Mais je ne crois pas trahir sur le fond les propos tenus alors, et certains arguments, très forts, et certains emportements un peu désespérés demeurent en ma mémoire, à vif, tels quels. J'entends encore Jamila, qui est algérienne, et dont des proches ont été assassinés par le GIA, me dire avec véhémence : « Si vous croyez, en France, que c'est en aidant les musulmans à pratiquer leur religion que vous vous épargnerez la dérive islamiste, vous vous leurrez ! Si vous croyez que c'est en laissant les mains libres aux imams dans les banlieues ! aux imams modérés, comme vous dites ! modérés mais recrutés, payés, missionnés par le Maroc, l'Algérie ou, pire, les monarchies du Golfe, et surveillés par les consulats de leurs pays...

– En France, précise Hamza, à peine un imam sur dix est français, et encore ! la plupart sont naturalisés depuis peu.

– En important des imams de nos pays arriérés, vous importez aussi dans votre pays leur mentalité...

– Les loups sont parmi vous, et vous leur ouvrez grandes les portes de la bergerie. Vous verrez, vous verrez ! À la fin, ce sont les plus durs qui imposeront leur loi aux plus modérés ! »

Je dresse le décor en deux lignes : un diwan, mais dont les lits, les poufs, les almohades, les coussins sont houssés de simple toile blanche, comme le mobilier pour une pièce de Tchekhov. Au sol, de sobres kilims à rayures. Aux murs, trois grands tableaux abstraits.

Un joint passe de main en main et on boit de l'Aït Souala, un vin rouge sombre, lourd, sirupeux, qui endort un peu. En sourdine, un délicat solo de 'oud. Quelque chose de doux sur un mode andalou… Et tchékhovienne aussi, cette douce mélancolie que scande le discret grincement d'une chaise berceuse où s'est assise Assia, laquelle s'écrie soudain, à mon adresse : « Pensez à nous à Paris, ne cédez pas sur le voile ! Interdisez le port du voile à l'école quand il est encore temps ! Ce qu'on s'entend dire ici, maintenant, à la fac, à Ben M'sik, c'est : "Vous voyez bien ! même en France les femmes le portent…" »

Ces femmes qui n'ont jamais porté le voile, ces hommes qui ne se souviennent plus quand ils se sont déchaussés pour la dernière fois à la porte d'une mosquée, ces intellectuels, tous les six aussi occidentalisés qu'il est possible, sont néanmoins non pas des citoyens mais, hormis Jamila, les sujets d'un roi et commandeur des croyants qui a droit de vie et de mort sur eux : le blasphème et l'apostasie, autrement dit se convertir à une autre foi ou se déclarer incroyant, étant toujours passibles de la peine de mort pour les nés musulmans. Détail qu'on oublierait, à les entendre dans l'intimité discuter ainsi librement en compagnie d'un écrivain né au pays de Voltaire, et voltairien en effet, résolument indifférent en matière religieuse, du reste non baptisé : un ami d'amis à eux qui se trouve en visite pour une dizaine de jours, muni d'un carnet de notes, au Maroc – de repenser à leur hospitalité, et à ce long solo de 'oud, me fait soudain venir les larmes aux yeux... Mais détail de leur destin que eux, sans doute, au fond de leur cœur, ne pourront jamais vraiment oublier.

« La malchance, voilà tout ! »

Et tout à coup – est-ce à cause de l'allusion au communisme qu'a faite Rabah ? – la pensée me vient que leur solitude, si terrible à vivre au milieu d'un peuple soumis jusqu'à l'hébétude, est la solitude des dissidents dans les pays de l'Est à l'époque du glacis soviétique et de la guerre froide. Leur vie matérielle est certes plus viable, plus enviable que n'était celle des opposants à Staline ou à Brejnev, encore que nombre de dissidents russes connurent, avant les camps du Goulag, les privilèges de la nomenklatura : datcha, voiture, domestiques, et que ces bourgeois marocains qui ont riad, voiture et domestiques risquent de finir au secret dans ce centre de détention des environs de Témara d'où l'on ressort, si l'on en ressort, moralement cassé, voire de mourir sous la torture au commissariat de leur quartier. Mais, comme pour la plupart des rebelles au socialisme réel, leur réel mal de vivre, leurs tristesses, leurs angoisses s'aggravent d'un grand sentiment d'abandon de la part des politiques et intellectuels occidentaux progressistes. Ce qui nourrit en eux une colère blanche.

Persécutés dans leur pays, les dissidents russes se sentaient à juste titre niés par notre insouciance de nantis, d'enfants gâtés de la démocratie, quand encore ils ne se voyaient pas diffamés par nos intellectuels de gauche. À *Apostrophes*, face à Soljenytsine qui venait d'évoquer son séjour dantesque chez les damnés de l'Archipel, Jean Daniel, toute honte bue, osa geindre qu'il était lui aussi un dissident ! dévaluant ainsi d'autant, pour le seul plaisir de faire sa pute, la parole d'un survivant dont, au reste, certains commentateurs du parti de la rose jugeaient trop noire la peinture noire de l'enfer communiste – il ne fallait rien dire qui soit susceptible de nuire à l'Union de la gauche, d'accord ? Il en va ainsi au Maroc, en Algérie, en Tunisie, en Égypte, où les ultimes représentants arabes d'un certain esprit éclairé, frondeur, rationaliste et résolument laïc : universitaires, éditeurs, libraires, journalistes, artistes qui, il y a neuf ou dix ans, parvenaient encore à faire entendre un peu leur voix – si discrète au milieu des appels du muezzin à la prière toujours mieux sonorisés par Sony et des tonitruants slogans populistes scandés dans la rue par les barbus –, ces intellectuels marocains, algériens, tunisiens, égyptiens, nous alertent en vain à présent sur ce qui nous attend si nous laissons libre cours à l'apostolat islamique en France, pour ne rien dire de la propagande islamiste. Ils nous appellent au secours et nous recommandent la plus grande vigilance. Ils savent, eux. Mais, peine perdue ! Ils crient dans le désert. Les ténèbres vertes – s'il m'est permis de voler à Baudelaire une si superbe image et de signifier par là, en poète, l'obscurantisme coranique –, les ténèbres vertes gagnent. Et le malaise dans notre civilisation.

Mais, quoi, au festival de Marrakech, le beautiful people invité clame devant les objectifs que tout est pour le mieux au merveilleux royaume des Alaouites. « It's paradise ! » « Eine Zauberkönigreich ! » « Un paese molto moderno, molto business minded, eppure incantevole ! » « Un mélange épicé, hot, très réussi, de traditions et d'esprit d'entreprise ! » « ¡ Viva el rey Mohamed VI ! » « Un conte de fées ! »

Les fashion watchers du *Nouvel Obs* et les géopolitologues de *Gala*, de *Voici* et de *Match* s'accordent à le penser : la voici la vraie réplique à la montée de l'islamisme. Comme au lendemain du 11 septembre, un grand couturier déclarait dans un entretien au *Monde* : « S'offrir du luxe, des grandes marques, c'est la meilleure réponse qu'on puisse faire au terrorisme. Le blanc, les pastels étaient programmés avant le 11 septembre. Nous n'avons rien eu à changer. »

Pour le glamour, des stars dansent pieds nus au son d'une nouba. Pour le fun, des bimbos et des starlettes arborent de légers hidjabs en soie ajourée d'une finesse de lingerie sexy. Pour l'amour de l'art, des artistes marocains tentent d'entrer dans la grande salle où l'on projette des films censurés dans leur pays, Allah et la pudeur musulmane obligent... Mais eux se font assez rudement repousser par les gros bras du service d'ordre. Il n'y aura aucun écho de l'incident dans la presse people. Ni dans l'autre, la presse dite sérieuse.

Je n'aurai pas l'indécence de prétendre parler au nom de ces artistes, ni au nom de Salah, ni au nom de Saïd... Pas plus que je ne parle au nom de mes amis de Casa. Mais c'est à eux que je pense en écrivant ceci. À leur détresse, si digne. À leur colère, aussi.

Et j'entends Ali s'écrier, dix jours à peine après les attentats du 11 septembre : « On est foutus ! »
Nous nous sommes retrouvés à Barbès, à la recherche d'enregistrements sauvages, faits maison, de raï ecchine, ce raï sale, brut, guttural, ce raï qui n'a pas renié ses origines oranaises et anarchistes, les cafés enfumés où l'on ne craignait pas

de se saouler, la Banda Zehouaniya : la Joyeuse Bande d'une époque où vouloir la joie, non le confort, qui est le début du conformisme, était le seul défi à la misère, à l'humiliation –, le tragique de la vie mis en musique, un chant qui se crache et se crie plus qu'il ne se chante, un enrouement à saveur de sang, un arrachement des profondeurs du mal algérien... Toute la douleur djez. Dansante douleur ! si proche du cante jondo.

Foule africaine, bruyante et colorée, que le fier surmoi d'un écrivain scrupuleux lui interdit de décrire plus longuement sous peine de verser dans le pittoresque et ses pénibles poncifs... Ali et moi déambulons sous le tablier du métro aérien qui abrite, entre les étals du marché, les bicraves, les petits trafics du trabendo, puis sur ce bout de trottoir du boulevard de la Chapelle où l'on vend à la sauvette toutes sortes de marchandises tombées du camion. Mais nous y retrouvons aussi, entre la rue de la Charbonnière et la rue des Islettes, les habituels dealers de littérature islamique, et surtout islamiste, qui tiennent là, comme si de rien n'était, leur déballé. La merde wahhabite et salafiste (« salafasciste ! », plaisante Ali) : bréviaires de la sagesse musulmane qui sont autant d'appels au djihad, manuels de prière qui enseignent en fait la haine de l'Occident dépravé, guides pratiques pour apprendre à soumettre femmes et enfants, tout cela au milieu d'un tas de saints corans *printed in Saudi Arabia* – en arabe ou traduits en français, de tous formats, reliés en plastique similimaroquin, et la reliure, munie d'une fermeture éclair afin de protéger la parole sacrée recueillie par Mahomet des souillures de notre vie quotidienne (je t'entends ricaner, ô Voltaire !). *Distribution Maison des Sciences Religieuses, Révisé Par la Présidence Générale des Directions des Recherches Scientifiques Islamiques, de l'Ifta, de la Prédication et de l'Orientation Religieuse, Royaume d'Arabie Saoudite*, précise en page de garde l'éditeur, visiblement atteint de majusculite, ce significatif trouble de la graphie couramment observé par les psys chez les paranoïaques.

On peut aussi, sans beaucoup fouiller ce vrac de pieux écrits, dénicher des libelles antijuifs tels qu'il s'en publiait avant guerre en France, des pamphlets contre Israël dans lesquels un virulent antisionisme prétendu politique n'est que prétexte à caricatures antisémites comme on en voyait sous l'Occupation, comme on imaginait ingénument ne plus jamais en revoir après la Libération : sous une sanguinolente étoile de David, le youpin adipeux aux paupières lourdes, au nez en busc, aux dents de vampire, aux doigts crochus, et qui brandit un couteau... Et si l'on insiste discrètement, on pourra aussi se procurer le *Protocole des Sages de Sion*, ce faux forgé par la police secrète tsariste dans le but d'imputer aux Juifs un complot visant à la domination du monde, ce faux grossier que tant de religieux et de politiciens mais également, hélas, tant d'universitaires, de journalistes et d'écrivains arabes tiennent pour authentique, ce livre qu'on trouve toujours en vente libre au Caire, à Alger, à Damas, à Beyrouth.

Ah, j'oubliais ! ce livre qu'on peut acheter aussi à Paris, et non seulement à Barbès comme je viens de le dire, non seulement à la porte de plusieurs mosquées du quartier de La Chapelle, mais en plein V^e arrondissement, au déballage devant Saint-Nicolas-du-Chardonnet... Là aussi, il suffit de le demander. Intégristes catholiques et intégristes musulmans sont frères dans l'immonde comme en Dieu.

Et tout cela au su et au vu des flics qui jugent sans doute avoir mieux à faire : la chasse aux sans-papiers, tiens ! que de forcer cette pieuse racaille à remballer sa came imprimée ? Oui. « Tu l'as dit tu l'as ! »

Ali demande dans un éclat de rire un rien forcé : « Mais, que fait la police ? »

Rire grave, inquiet. Notre stupeur vient de ce que rien, ici, en apparence, n'a changé depuis l'effondrement des tours du World Trade Center, dix jours après, alors que le décompte exact des milliers de morts n'est pas terminé. Passé la sidération des premières heures devant le spectacle de l'horreur, l'impensable à proprement parler, sa répétition en loop, en replay, en real motion, en slow motion, en full screen, en split screen, en check screen, en still shots, sa reconstitution infographique, sa réitération jusqu'à la nausée, jusqu'à la vision hallucinée, jusqu'au vertige –, quand on avait commencé à essayer de penser la chose, il avait d'abord été question d'un choc des civilisations : quoi qu'il advienne à présent, plus rien ne serait comme avant en Occident ; il y aurait désormais un avant et un après le 11 septembre. Puis, diffusé en boucle aussi, asséné aussi souvent qu'un spot publicitaire, le message suivant : la plus grande vigilance était requise face à l'intégrisme musulman, la complaisance n'était plus de mise. Nous avions trop laissé faire, trop laissé dire.

On aurait pu croire qu'une si forte résolution serait suivie d'effet. Ne serait-ce que pour fournir des images de la fermeté gouvernementale au 20 heures, envoyer à la population « un signal fort », comme disent dans leur jargon les communicants, lancer une grande opération médiatico-policière : on assisterait à une rafle spectaculaire, la saisie de cette littérature haineuse, raciste, fascisante et, en outre, vendue, sans autorisation préfectorale, dans la rue.

« Nib de nib ! » À Barbès, le 21 septembre 2001, dernier jour de l'été, des organisations islamiques – en clair, la nébuleuse des Frères musulmans et des mouvements qui en sont issus, les intégristes situés de près ou de loin dans leur mouvance –, cette engeance continue de fourguer en toute impunité, au déballé dans la rue, sa propagande mortifère... Comme si de rien n'était. Alors que des bénévoles fouillent encore les décombres dantesques du Ground Zero, dans une atroce odeur de chairs humaines carbonisées.

Ali, pour la seconde fois : « On est foutus ! »

Il m'explique, en substance, que ces religieux n'en sont pas, mais des obscurantistes et des fascistes qui instrumentalisent la religion pour parvenir à leurs fins politiques et, de là, au pouvoir. Et de là, à l'instauration de la charia en France... Leur arme ? Celle des dévots du temps de Molière : l'intimidation. Ali prédit qu'ils sauront utiliser à leur profit toutes les faiblesses consubstantielles à la démocratie, se servir de la tolérance pour nous imposer leur intolérance. Ils se font un levier de nos peurs.

« Et plus encore », ajoute Ali, en s'adressant ici à travers moi aux Francaouis, « de votre culpabilité. »

Ce grave débat de société qui agite la France, et qu'on peut résumer, pour faire très vite, avec ce simplisme des incrustes qui défilent au bas de l'écran pendant les shows interactifs du prime time, en un POUR OU CONTRE LE VOILE ? (Appelez tel numéro à tant de centimes d'euro la minute) –, ce débat,

Le Pen l'a vicié. Il en a lepénisé les termes. S'il n'a pas pu y imposer vraiment son point de vue purement raciste, il en est devenu le véritable arbitre. Il a indirectement gagné. La confusion soigneusement entretenue par la propagande du Front national entre les termes : Arabe, musulman, immigré, Français issu de l'immigration, assisté social abusif, délinquant, voyou, et ainsi de suite, a infecté les esprits. Tétanisée à l'idée d'employer le vocabulaire et les arguments de l'adversaire – le FN –, toute une gauche politiquement correcte se censure et en vient à abonder dans le sens de l'autre adversaire – l'UOIF –, à débiter de faux syllogismes qui lui épargnent les difficultés qu'il y a toujours à appréhender le réel dans toute sa richesse, ses contrastes, ses incertitudes, ses flous, ses nuances, ses gris, ses chatoiements, ses entre chien et loup – ce baroque clair-obscur, la vie, quoi. « La vraie vie des vrais gens. »

L'islam en France est la religion des Arabes ? Donc, critiquer l'islam, c'est être raciste. L'islam en France est la religion des pauvres ? Donc, combattre l'islam, c'est s'attaquer aux pauvres. Les imams investissent les quartiers populaires abandonnés par les services publics, les services sociaux, les militants socialistes, le parti communiste ? À eux l'initiative, bravo ! Ils y imposent peu à peu les mœurs des pays figés dans la tradition coranique dont ils sont originaires, les coutumes ancestrales du bled, le port du hidjab aux femmes, la prière en groupe aux hommes, le respect scrupuleux du ramadan, l'endogamie entre musulmans, les mariages arrangés, la stricte séparation des sexes, la surveillance des filles par leurs frères, la soumission des épouses à leurs maris, et celle de tous les habitants du quartier à Dieu ? Quelle importance ? Laissons les faire. C'est cela, la tolérance, non ? Vous préféreriez voir les tondus et les gros bras du Front national tenir la rue ? Ou encore plus de flics racistes, forcément racistes, armés de tonfas et de flash balls ?

« S'il pleut, et que Le Pen dit : "Il pleut", je ne peux plus dire qu'il pleut sous peine de passer pour lepéniste... »

Imparable ! Et la simplification à outrance, la pensée, ou, pour mieux dire, en osant un néologisme : l'apensée binaire, le pour ou contre, le noir ou blanc, le oui ou non, le formatage exigé par la télévision, son incapacité à montrer à l'écran la complexité du monde, outre la possibilité infinie de zapper, de vite passer à autre chose – tiens ! qu'est-ce qu'on en dit chez Ardisson ? tiens ! qu'est-ce qu'on choisit à *C'est mon choix* ? –, ont fait le reste.

C'est de cette merde, c'est de cette débilité mentale, mélange infect de frivolité et de vaine culpabilité rancie, que les imposteurs de l'Union des organisations islamiques font leur miel. C'est par cette brèche de notre démocratie, dans ce vide vertigineux de la réflexion politique et sociale qu'ils s'engouffrent. À la lepénisation des esprits succède l'islamisation et, pire, l'islamismisation, si on peut dire, des mentalités.

« Haloufin ! »

Ali me dit avec quelle habileté ces tartuffes manient le double langage, comment ils savent présenter un visage ou un autre selon le public auquel ils s'adressent. Amènes, courtois, mesurés quand ils passent à la télé, où ils tiennent des propos lénifiants, prétendent s'accommoder des lois de la république, s'y plier sans efforts, et ne cessent de rappeler qu'eux souhaitent le dialogue, la conciliation, l'entente entre tous les hommes de bonne volonté. À les entendre, la tolérance serait leur. La tolérance et la modernité. Et les contradicteurs éventuels ? Ceux qui oseraient douter de leur sincérité, ceux qui oseraient manifester en public leur désaccord ?

Leurs complices, leurs compagnons de route du MRAP (Mouvement contre le racisme, l'antisémitisme et pour la paix, ne l'oublions pas) leur ont trouvé un nom infamant : « Des ayatollahs de la laïcité. »

Ces ayatollahs de l'UOIF n'auraient pas trouvé mieux. Le temps joue pour eux. L'esprit du temps. L'esprit du temps, qui est à la prosternation : « la position requise pour révérer Allah, mais aussi pour se laisser enculer à donf ! » C'est dit.

Mais, écoutez-les s'exprimer du haut du minbar, à l'heure de la prédication à la mosquée, ou sur l'estrade de l'espace polyvalent du quartier où ils donnent une conférence, ou à la tribune de leur rassemblement du Bourget, en l'absence du ministre de l'Intérieur, leur ami Nicolas Sarkozy – c'est lui qui, accoudé à ce pupitre transparent l'a proclamé une heure avant : « Je suis votre ami ! » Les haineux amis du ministre de l'Intérieur tonitruent, éructent, menacent, jettent l'anathème. Ils appellent leurs coreligionnaires non pas à prendre les armes, certes, pas si fous, ces fous de Dieu ! mais au « djihad des idées » (sic).

Et puis, les voici réinvités à un talk show, un débat, un journal télévisé, et, illico, de retrouver leur dévote onctuosité, de nous rejouer sous l'œil des caméras leur comédie de la modération. « Nous voulons le dialogue avec la société civile et les pouvoirs publics, notre vœu le plus cher est de nous entendre » (sic).

De nous entendre... Ou de nous faire entendre ? Mais, tendez l'oreille, écoutez bien ! Cela ne vous rappelle rien ? Ce ton, cette manière d'insinuer qu'on parle au nom d'une puissance cachée, d'autant plus redoutable qu'elle détient la vérité – qu'elle est la Vérité révélée ! Et cette habileté à esquiver les questions embarrassantes, et ce truc qui consiste à hausser le ton tout en baissant la voix, cette violence voilée... Elle nous est familière, pourtant, cette petite musique de l'imposture : nous avons appris à la discerner avec Molière. Cette hypocrisie, c'est celle du Tartuffe. La rhétorique moliniste, les tournures jésuites, l'art de la formule réversible et du retournement d'argument, la restriction mentale, le faux plaidoyer, la casuistique du mal pour le bien. Mensonges, équivoques, simulacres, contorsions verbales qui évoquent les fastes artificieux des églises de la Contre-Réforme : victoire de la courbe ! volutes, torsades, virtuoses fourberies coulées dans le bronze ou modelées dans le marbre, fausses draperies et fausses colonnes, faux-semblants architecturaux, coupoles ovales en porte-à-faux, trompe-l'œil... Séduisantes duperies pour la plus grande gloire de Dieu.

Ou, aussi bien, le décor, émail et or, des mosquées à l'époque radieuse de l'islam. Cet art de l'arabesque, qu'il soit almoravide, almohade, nasride, mérinide, ces entrelacs de stuc, pauvre matériau friable, peu fiable, mais dont le génie musulman tire un miraculeux poème, une infinie louange à son dieu, les chantournements de l'écriture coufique ou les subtilités du cursif épelant l'omniprésence d'Allah, le dessin obsessif des zelliges, ces pavements de céramique où l'œil s'épuise à vouloir suivre le fil, où la pensée se perd dans un labyrinthe. Mensonges, équivoques, simulacres, contorsions verbales... Mais sans l'esprit, sans la foi, sans la ferveur sacrée qui inspiraient l'art tridentin ou l'art mauresque. Loyolisme dégradé en médiocre tartufferie. Subtilités de la balagha virant au démagogique blablabla. Mensonges, équivoques, simulacres, contorsions verbales de pure politique, pour les besoins du médiatique.

Tenez ! Prenez Fouad Alaoui, le secrétaire général de l'Union des organisations islamiques en France, l'interlocuteur préféré des animateurs de magazines télévisés, l'inévitable invité aux débats sur le voile à l'école, la place de la religion musulmane dans notre pays, la laïcité. Est-il question de savoir si les commandements religieux d'une foi révélée, en cela intangible, sont compatibles ou non avec les lois civiles, donc contingentes, de la république, et de donner des exemples concrets abondant dans un sens ou dans l'autre ? Il énonce tranquillement : « L'islam a beaucoup à apprendre à la république », retournant comme un gant la question posée, l'esquivant par la ruse.

Car il n'ajoutera rien, n'expliquera pas en quoi la république pourrait prendre leçon du Coran (après tout, pourquoi pas ?). Son intervention est de pure rhétorique. Il coupe court à la discussion qui pourrait l'embarrasser, le conduire aux aveux. La parade est celle du judoka qui, en une prise, net, absorbe à son profit toute l'énergie de l'adversaire. La ficelle est grosse, mais puisque nul ne réagit, pourquoi se priverait-il de l'utiliser ? Révérencieux, l'animateur, si peu animateur, ne relancera pas, ne reposera pas la question qui faisait l'objet du débat. Tout est dit. Et le téléspectateur ne retiendra, pour autant qu'il retienne quelque chose de cet échange qui n'en est pas un, une formule creuse mais sentencieuse, une sorte d'accroche comme on en use dans la pub, coco ! pour vendre n'importe quoi.

Est-il ensuite question de la charia ? On demande à Fouad Alaoui s'il condamne les punitions abominables prescrites par la charia : les amputations, la lapidation des femmes adultères, la peine de mort pour les homosexuels, les apostats, les libres penseurs, les blasphémateurs, les athées… Il va bien falloir qu'il réponde pour le coup. Oui ou non ? Eh bien non ! eh bien oui ! Fouad Alaoui-et-non trouve là encore le moyen de se défausser, de nous emberlificoter dans les entrelacs de ses arabesques verbales. Fouad Alaoui, l'ami de Nicolas Sarkozy, ne condamne pas la charia dans les pays où elle s'applique… Or, qu'on sache, elle ne s'applique pas en France. Pas encore. Nuance. Autant dire qu'il ne la condamnerait pas si elle était appliquée en France. On y viendra ? On y viendra, patience ! C'est dit et ce n'est pas dit. Comprenne qui pourra. Ne comprenne pas qui ne veut pas comprendre, qui veut continuer de s'aveugler quant aux intentions et aux buts des barbus qui s'avancent – « bus qui s'avancent ! bus qui s'avancent ! », comme on chante dans Offenbach – masqués pour cacher leurs barbes de fous de Dieu, déguisés en paisibles républicains, modernes, modérés, porteurs de portables et surfeurs sur le Net...

Combien d'heures de training avec un coach de la com avant de parvenir à une pareille aisance ? Le verbe à la consistance gélatineuse et la saveur suave du loukoum à l'eau de rose. Cela vous colle aux dents. De quoi vous faire taire, mécréants ! impies ! infidèles ! Vous en restez bouche bée.

Mais ce dévot, ce saint homme, ce doux et fade Fouad Alaoui – « ouili ouili ! » – à la tribune du rassemblement de l'Union des organisations islamiques, le voici un tout autre homme, et qui clame : « Ceux qui veulent exclure de l'école nos filles qui choisissent de porter le voile n'auront pas nos voix ! Ceux qui veulent les obliger à assister aux cours de natation n'auront pas nos voix ! » À l'adresse de ses coreligionnaires plus conciliants ? Ou à l'adresse de son ami Nicolas Sarkozy qui, un peu plus tard, proclamera à cette même tribune : « Je suis votre ami ! » ?

Il y a, selon Ali, plus redoutable encore que ce Fouad Alaoui, car plus séduisant, plus brillant, et beaucoup plus star ! plus retors aussi, plus subtil, maniant mieux que tout autre intégriste le double langage, sachant mieux que quiconque se composer un visage avenant : le prédicateur Tariq Ramadan, petit-fils de Hassan al-Banna, le fondateur des Frères musulmans qui fut le premier mouvement nationaliste arabe à ouvertement instrumentaliser la foi musulmane pour en faire l'arme d'une prise du pouvoir et le fondement d'un totalitarisme : les premiers militants du fascisme vert s'il faut donner un nom à la peste dont nous n'avons pas fini de souffrir – mais le qualificatif sonne pour nous équivoque, connoté qu'il est par la couleur de l'écologie, et Rabah préfère dire « le fascisme du Croissant », bien que cela confère une douce saveur de viennoiserie à cette horreur.

Tariq Ramadan est l'idole des jeunes bigotes voilées strict, à la chiite – « shit ! » –, et des jeunes cagots venus des cités où, il y a peu de temps encore, ils tenaient le mur, cassaient, caillassaient... Les lascars, leurs potes d'autrefois qui ont résisté à l'embrigadement dans l'intégrisme, se moquent d'eux : « Ouah ! ils font ramadan ! Tariq fait ramadan ! » Et de rire... À la racaille, on ne la fait pas.

Tariq Ramadan, Ali le qualifie joliment de « Allahvangéliste ». Car Frère Tariq a tout du télévangéliste : le charisme putain, l'exhibition obscène d'un fictif sacrifice de soi, le sourire racoleur, le regard lourd, menace et velours à la fois, la douce violence du verbe, les trucs, les tics. Le narcissisme aussi. Dans ses manières, une sensible absence de surmoi qui est la marque des chefs, des meneurs d'hommes.

Sa parole sonne le creux. Chacun peut y couler ses propres attentes, y entendre ce qu'il veut entendre. Le souffle de l'orateur gonfle d'importance l'auditeur, emplit d'un rien son vide intellectuel et affectif. Le message n'a pas de valeur en soi, il consiste seulement en l'émotion qu'il provoque, il n'est que ce tremblement (un peu au sens où l'on ajoute, faute de pouvoir préciser : *et tout le tremblement...*). C'est ce qui séduit ordinairement les foules, ce qui les fanatise. Non pas l'élan spirituel, mais son semblant.

Que disent les fans de la star islamique, leur idole, lorsqu'ils ressortent d'une de ses conférences pieuses ? Comment expriment-ils ce qu'ils ont ressenti ? Leur témoignage est édifiant. « Il m'a lavé le cerveau... Il m'a nettoyé intérieurement... Ce qu'il dit, c'est comme un coup de kärscher en moi... » (Je cite ici de mémoire, mais j'ai une bonne mémoire, des propos entendus par hasard sur une radio communautaire maghrébine de la bande fm.)

Les livres et les cassettes des conférences de ce laveur de cerveaux au kärscher se vendent là, au déballé, boulevard de La Chapelle.

> Voyez, voyez la machin' tourner,
> Voyez, voyez la cervell' sauter…

Et le portrait d'Oussama ben Laden est en une de nombreux journaux affichés au kiosque du carrefour Barbès.

C'est le dernier jour de l'été 2001.

Ali, pour la troisième fois, s'écrie : « On est foutus ! »

Entrevoit-il, dans ce ciel bleu du dernier jour de l'été, les ténèbres vertes ? Pressent-il que, dans un an, la droite, revenue aux affaires, offrira une légitimité institutionnelle à l'Union des organisations islamiques ? que Sarkozy invitera la canaille intégriste à s'asseoir à la table du banquet républicain, qu'il saluera en ces fanatiques fascistants des « amis », qu'il leur donnera la seule clef qui leur manquait encore pour conquérir le pouvoir sur la communauté musulmane et réislamiser les populations d'origine arabe ?

> Hourra ! Cornes-au-cul,
> Vive le père Ubu !

Chevènement, ministre de la gauche plurielle, en avait rêvé, avait commencé à y œuvrer. Sarkozy, ministre de la droite uniforme, saisissant le relais au vol, l'a fait. Entre premiers flics de France, il y a toujours moyen de se retrouver sur l'essentiel, n'est-ce pas ? L'ordre ! Un seul mot d'ordre : l'ordre ! L'ordre avant tout, l'ordre à tout prix ! Et qu'importent les libertés ?

Comme il y a toujours eu moyen de s'allier entre flics et nervis de la pègre brune s'il s'agit de tenir le pavé, de le nettoyer de ses éléments jugés dangereux parce que frondeurs, marginaux, asociaux, insoumis, ou tout bonnement anticonformistes, joyeusement libres de mœurs et d'esprit...

Alliance contre nature ? Politique de la main tendue, répondent les apprentis sorciers de la place Beauvau. Il n'est cependant pas sorcier de voir que c'est tendre la main à un dogue qui montre les crocs ! Or il est dans la nature du dogue, et surtout du dogue dressé à l'assaut, de mordre. Ils croient pouvoir castrer ces chiens en agissant ainsi ?

Vanité de flics ! Surestimation de soi et jugements à courte vue, ou absence de jugement tout court, obsédés qu'ils sont par le maintien de l'ordre. Fantasmes de toute-puissance face aux serviteurs du Tout-Puissant – « Abdelazizin... Et eux, zinzins ! » L'hystérie le dispute au cynisme.

Dans l'Allemagne de Weimar aussi, il y eut de beaux esprits et, hélas, quelques Innenministeren, quelques Polizeipräzident, à Berlin, à Dresde, à Hambourg, pour concevoir d'acheter la paix sociale et le calme dans les rues en tendant la main aux militants nazis, en leur donnant des gages – *Tolerierungs Politik*. Les SA arboraient le voile – oh, le lapsus ! je voulais dire : l'uniforme, la chemise brune de manière intolérablement ostentatoire ? Ils exerçaient une intolérable pression, abusaient de leur pouvoir d'intimidation et de coercition dans les quartiers populaires ravagés par le chômage ? Tout en n'ayant à la bouche que les mots de fraternité et de pureté, ils tentaient d'y imposer leur intolérante *heimlich und heimatlich Moral* ? Eh bien ! on se montrerait tolérants envers eux. On finirait ainsi par les civiliser, par les apprivoiser, par leur faire respecter l'ordre républicain. On ne s'opposerait pas à leur propagande ni à la diffusion de leur haineuse littérature antisémite et totalitaire, on ne refuserait pas dans les salles de cours les étudiants en uniforme, on les autoriserait à pratiquer leurs rites archaïques, on les laisserait professer l'obscurantisme et chahuter les professeurs qui osaient encore parler de l'Aufklärung, qui fit écho aux Lumières, et de Voltaire et des libertins français, et de la poésie du juif Heine, et du philosophe Moses Mendelssohn... Ces voyous nazis, ces exaltés deviendraient vite très fréquentables. Il suffisait de leur tendre la main. Mais oui.

Comparaison n'est pas raison, et la mienne vaut ce qu'elle vaut, mais qu'on y réfléchisse !

Et qu'on se souvienne – c'était il n'y a pas si longtemps, c'était en l'an 2000 –, qu'on se souvienne de la vilenie de Chevènement, de son vil recul face au chantage des islamistes. C'était à l'issue de l'Istichara, la première consultation des organisations musulmanes dont il avait eu au moins le mérite de l'initiative. L'acte final, intitulé *Principes et fondements juridiques régissant les rapports entre les pouvoirs publics et le culte musulman*, stipulait que notre Constitution, en harmonie avec la Convention européenne des droits de l'homme, consacrait le droit pour tout citoyen de changer de religion, de renier la foi dans laquelle il avait été élevé ou, à sa convenance, de n'en avoir plus aucune. Autrement dit, traduit dans le pénible vocabulaire médiéval de l'islam, qui punit de mort le fait partout où il en a la faculté : le droit à l'« apostasie ». Rappeler ce principe de notre droit et ce fondement de notre humanité était la moindre des choses, et le point aurait dû constituer un préalable infrangible, non négociable. A fortiori lors d'une première consultation, qui allait donner aux organisations islamiques l'occasion de jauger la détermination du gouvernement, sa volonté de faire respecter les lois sacrées de la République.

C'était sans compter l'intransigeance des barbus et, parmi d'autres, des barbus de la délégation conduite par Fouad Alaoui. Et c'était sans compter la veulerie de Chevènement, sa servilité. Cet Ubu qui n'aura jamais cessé de cultiver l'amitié des pires crapules qui terrorisent leur peuple au Maghreb comme au Machrek, cet Ubu qui n'aura jamais cessé d'embrasser à la bédouine les gouvernants arabes les plus abjects, ce paillasse qui aura eu la bassesse de soutenir le Baas et d'applaudir Saddam Hussein, ce pantin qui longtemps jugea fréquentable l'entourage de Hassan II et ne trouve toujours rien à redire à la dictature de Zine Ben Ali (et soit dit entre parenthèses, il serait instructif de psychanalyser cette curieuse tendresse virile pour les tyrans arabes qu'éprouvent à son instar tant d'hommes politiques français, toutes tendances confondues, de Jobert et Cheysson à Le Pen en passant par Séguin ou Chirac, il serait intéressant de savoir dans quelle innommable fosse du ça s'ancre un tel désir – c'est un pédé qui le dit et referme la parenthèse)... Cet Ubu, disais-je, ce paillasse, ce pantin, ce fier-à-bras – le traiter de matamore serait étymologiquement un contresens, « gustamore » serait plus juste –, ce fier-à-bras, donc, avait trouvé là une nouvelle occasion de baisser culotte devant de la canaille musulmane. Sous la pression de l'UOIF, les deux lignes de l'acte final rappelant en termes juridiques que l'apostasie en France n'était pas un crime mais une liberté fondamentale, un droit imprescriptible, seraient purement et simplement supprimées, passées à la trappe.

Voyez, voyez la machin' tourner...

Aveuglement ? insouciance ? ou, plus inquiétant, perversité ? complicité avec les imams qui étendent leur influence sur les quartiers dits sensibles et les banlieues difficiles ? mais les conseillers du ministre de l'Intérieur n'ont pas vu ou, plus grave, n'ont pas voulu voir que ce détail n'en était pourtant pas un, que ce sujet n'était pas négociable, en effet, du point de vue de l'UOIF. Pourquoi ? Mais ! parce que dans leur combat pour la réislamisation des populations d'origine musulmane, les fascistes du Croissant veulent convaincre les jeunes – souvent peu au fait de leurs droits et moins encore du combat séculaire qui fut mené en France pour obtenir la liberté de conscience et l'inscrire dans la loi – que, nés de parents musulmans, ils le sont et le demeurent jusqu'à leur mort, que la religion musulmane leur est, en quelque sorte, consubstantielle : elle fait partie de leur identité au même titre que leurs gènes, que leur couleur de peau. Les communautaristes du Croissant, comme l'imam du quartier, veulent inculquer à la communauté, et d'abord aux jeunes de la communauté, l'interdit absolu de l'apostasie. Ils veulent pouvoir stigmatiser la « trahison » de ceux qui ne pratiquent pas ou ne pratiquent plus. Ou, pire à leurs yeux, la « trahison » des rares qui se convertissent au christianisme ! Ou, pire encore à leurs yeux, de ceux, plus nombreux, Dieu soit loué ! qui osent, dans un grand éclat de rire, se dire « infidèles » ! « libertins » ! « incroyants » !

« Arabes voltairiens », m'écrit mon amie Zoraïa.

La déclaration des *Principes et fondements*, signée par l'UOIF, ne pouvait pas contenir l'énoncé en clair d'une loi de la relativité religieuse, pour ainsi dire… Elle aurait privé les intégristes d'un argument de leur propagande. Ils ne pourraient plus affirmer avec autant d'impudence, devant des jeunes peu cultivés, qui ont reçu peu d'instruction civique, qu'il n'est pas permis de changer de croyance, en France. Sur le terrain, comme on dit, ils ne pourraient pas aussi facilement soutenir cet article de foi. De mauvaise foi.

Qu'est-ce à dire ? Que, par-delà, dans un avenir plus ou moins proche, ces dévots visent à contraindre la communauté musulmane vivant en France à demeurer la communauté musulmane désignée comme telle ? Mais oui. Qu'est-ce à dire encore ? Que, par-delà, dans un avenir plus ou moins lointain, inch'Allah ! ils veulent instaurer la charia en France, à tout le moins pour la communauté musulmane ?

On peut l'imaginer.

On peut me juger exagérément pessimiste aussi (si on ne partage pas l'enthousiasme des islamophiles) ? À un journaliste qui lui demandait les raisons de son pessimisme existentiel, Billy Wilder, qui eut l'heureuse idée de s'exiler d'Allemagne dès 1934, fit ce bon mot atroce : « Les optimistes ont fini à Auschwitz ; les pessimistes, à Beverly Hills. » Et puisque les esprits naguère lepénisés s'islamisent...

Un témoignage de cette islamisation et des progrès de la pensée communautariste dans notre pays ? Assia, Zoraïa, Ali, Ahmed, Salah, mes amis, me font part de la stupeur qu'ils provoquent de plus en plus souvent chez de braves Français de souche, nullement malveillants envers les Rebeux, lorsqu'ils récusent la qualité de musulman.

« Mais ! puisque vos parents le sont...

— Mais ! on m'a dit qu'on est musulman de naissance, alors...

– Mais ! c'est votre religion à vous, les Algériens, non ? » (Cela à Salah, un « Troisième génération », un Français uniquement français, qui n'a pas voulu de la double nationalité, ne parle pas un mot d'arabe, n'a jamais mis les pieds en Algérie, né de père et mère français depuis plus de trente ans et, du reste, tous deux résolument non pratiquants, et dont les parents étaient également naturalisés français... Oh ! Français de souche qui n'hésitez pas à baptiser vos enfants Kevin, Audrey, Boris ou Samantha, si vous saviez combien parfois votre ignorance peut exaspérer vos compatriotes dont l'unique différence avec vous est qu'ils portent, eux, un prénom musulman ! Et comme j'approuve l'audace, encore trop rare, hélas, des affranchis de la « Troisième génération » qui ont choisi de brouiller les pistes en donnant à leurs enfants des prénoms panachés : Jean-Omar, Anne-Souad, Marc-Mehdi, Marie-Zahra... Pied de nez aux communautaristes, pied de nez aux intégristes. « Na'din'mok', je t'emmerde, Tartuffe-Tariq ! »)

Ali, lui, pour couper court, rétorque, amusé et fier à la fois, en sachant que le mot a de sombres résonances pour un chrétien, qu'il évoque des persécutions religieuses d'un autre temps, l'Inquisition, la Question, et sent le fagot : « Eh bien ! je suis un apostat, voilà ! »

Mais que chacun soit de plus en plus fréquemment sommé de déclarer son identité religieuse... Sur ce point aussi, les dévots fascistes du Croissant ont d'ores et déjà gagné.

■

Et Ubu-Chevènement, donc, recula devant les barbus qui s'avancent – « bus qui s'avancent ! bus qui s'avancent ! » Il capitula avant d'avoir livré combat le 28 janvier 2000. À la trappe, l'allusion au droit à l'irréligion et à l'apostasie !

Hourra ! Cornes-au-cul...

Mais revenons moins d'un mois en arrière, au 31 décembre 1999. Vous vous souvenez ? Moi, je n'ai pas oublié. Ni Paul Smaïl, qui en frémit encore d'indignation.

Des flancs du tanker *Erika* s'écoulait une marée noire qui souillait les rivages de la Bretagne. Et de courageux jeunes Rebeux, venus des cités dites sensibles du 93, s'étaient engagés au nettoyage des plages et des rochers gluants de fioul Total. Totalement bénévoles, mal équipés en combinaisons, bottes et gants de caoutchouc, pendant huit jours, à raison de dix à douze heures par jour sous un crachin glacé, ils avaient écopé, cureté, pelleté, charrié des seaux de cette matière puante, grasse, collante… De la merde ? « Tu l'as dit tu l'as, mon pote ! » Ils avaient eu à cœur de prouver à leur patrie, la France, qui au JT, sur TF 1 ou France 2, les regardait trimer comme des bougnoules, ils avaient eu à cœur de prouver que les fils d'immigrés maghrébins pouvaient se montrer aussi travailleurs que leurs pères sur les chantiers des Trente Glorieuses, aussi héroïques que leurs grands-pères sur les champs de bataille des Ardennes, pourvu qu'on leur donne du travail en effet… Ils n'étaient pas que racaille et caillera, casseurs et caillasseurs. Ils étaient solidaires. De bons citoyens. La presse chantait leurs louanges sur l'air de *Et tout ça, ça fait d'excellents Français…* Des chroniqueurs, lyriques, les comparaient, ces zyvas, aux soldats de l'An II, aux poilus de 14-18 !

Le 31 décembre, leur corvée achevée, ces braves des braves rentraient à Paris, célébrer le passage à l'an 2000. Or, que fit Chevènement pour les accueillir ? Eh bien, il envoya un escadron de CRS, en tenues antiémeute : casques, plastrons, jambières, masques à gaz, boucliers, tonfas – pour les cueillir, gare Montparnasse ; leur barrer l'accès au métro, les empêcher de rejoindre les Champs-Élysées. Il n'était pas question que ces héros aillent comme ils en avaient l'intention, ils l'avaient annoncé aux reporters de TF 1 et de France 2, teufer avec leurs compatriotes la nuit de la Saint-Sylvestre. Ces héros avaient oublié qu'ils se prénommaient Ali, Asad, Aziz, Farid, Fouad, Gamal, Hamza, Karim, Nabil, Nagib, Mourad, Mouloud, Moh, Radouane, Yared, Zinedine… Que s'imaginaient-ils, ces relous, ces nuls, ces t'nahs, ces fils de leur putain de race ? Que le ministre de l'Intérieur, lui aussi, aurait oublié, pour un soir, rien qu'un soir ! un seul soir dans l'année ! le dernier soir de l'année ! du siècle ! du millénaire ? « Que tchi ! » Sur le quai de la gare Montparnasse, ils étaient redevenus racaille. Ils se sont assis sur les marches du grand escalier. Quelques-uns pleuraient.

« Gagedé ! Gebou ! », leur criaient les keufs, qui ont appris le verlan en regardant les feuilletons à la télé.

Le ministre de l'Intérieur, il est vrai, leur conseillait d'entrer dans la police. Il ne pouvait pas concevoir de meilleur moyen d'intégration pour eux. Il n'imaginait pas d'autre destin pour un Beur qui n'a pas le talent de Zidane ou de Jamel. À défaut de star, imam ou keuf, mon pote ! pas d'autre choix, si tu es un « Jeune issu de l'immigration », comme on dit quand on est ministre d'un gouvernement de gauche et président du Mouvement des Citoyens.

« Halouf ! »

Ce ton paternaliste et méprisant, de colon s'adressant à des indigènes, ce ton sur lequel il les engageait, ces jeunes des cités, à entrer dans la police ! Et avec cela, l'organisation du culte musulman dans la seule perspective du maintien de l'ordre…

« Halouf ! »

Ah ! et la mascarade de ce faux cul d'Ubu-Jospin honorant le ramadan en une célébration présentée comme « strictement privée », mais dont il ne s'est certes pas privé d'informer la presse et les journaux télévisés ! Sachez que je ne veux pas que vous sachiez, braves gens, que j'ai fait « f'tour » : que j'ai rompu le jeûne dans l'intimité d'une famille musulmane pratiquante, loin des caméras et des micros indiscrets des radios et des télés que je convoque pour vous l'annoncer !

« Halouf ! »

Le sabre et le goupillon ? Non, mais la matraque et le tapis de prière.

La matraque et le tapis de prière : Sarkozy retiendrait la leçon.

Comme pour conclure l'Istichara, le 30 avril 2000, au rassemblement de l'Union des organisations islamiques qui se tient chaque année au Bourget, Fouad Alaoui passait aux aveux : oui, Allahou akbar ! c'était à leur demande expresse que l'affirmation du droit à l'apostasie avait été supprimée de l'acte final ! Victoire !

« Halouf ! »

Et c'est trois ans plus tard, quasi jour pour jour, le 25 avril 2003, à ce même rassemblement annuel du Bourget, que Ubu-Sarkozy, ministre de l'Intérieur, monterait à la tribune se faire acclamer ! se proclamer leur ami !

Allahou akbar ! L'islamisation policière du pays est en marche. Reviens, Voltaire, ils sont devenus fous ! Au secours !

Quelques mois ont passé. J'écris ceci le 21 octobre 2003, dans l'urgence, ivre d'une colère proche du désespoir, au lendemain de l'enregistrement d'une émission qui sera diffusée demain soir sur France 3 : un débat qui me confirme que la peste, l'islamisation des esprits et le communautarisme musulman, gagne, ce qui nourrit mon pessimisme – mais quel sera notre Beverley Hills, Moustafa, Zahia, Ahmed, Ali, Samira, Fadela, Mourad, Zoraïa, mes amis ? Dans quel pays où il sera encore permis d'exercer son esprit critique à l'encontre de la religion nous réfugierons-nous avant qu'il ne soit trop tard ?

Le sujet de ce numéro du magazine *Culture et dépendances* : « La laïcité est-elle en péril ? »

Sont invités, outre Jack Lang, ancien ministre de la Culture, ancien ministre de l'Éducation nationale, et Jean-Louis Borloo, actuel ministre de – quel est le titre actuel de son ministère : la Ville ? (ou quelque chose comme ça) ;

Chahdortt Djavann, l'auteur du remarquable essai *Bas les voiles !*, où elle décrit de l'intérieur, en rescapée de la captivité sous le voile islamique, « l'emprise totalitaire du *hijab* » ;

le philosophe, sociologue et historien Marcel Gauchet ;

Xavier Ternisien, qui se présente comme chargé de la rubrique Religions au quotidien *Le Monde*, et se révélera un fervent pro-islam (« -ique » ou « -iste » n'étant plus en ce cas qu'un détail négligeable, on en conviendra), un islamien, disons (je nique l'-ique, je nique l'-iste), ou un islameux, ou un islamard, comme on voudra ;

Aurélie Filippetti, auteur des *Derniers jours de la classe ouvrière*, conseillère municipale verte – verte du vert écologie mais qui, au cours du débat, s'acharnera à vilipender ceux qui s'inquiètent de l'islamisation des banlieues autrefois ouvrières avec tant de vigueur que son vert semblera avoir viré, sous les projecteurs, au vert islam ;

évidemment, l'inévitable invité, oui, l'inininvitable Fouad Alaoui, le barbu secrétaire général de l'Union des organisations islamiques de France ;

enfin, parce qu'il en faut toujours un dans un débat de société qui se veut représentatif de la diversité des sensibilités nationales, service public oblige, un franc-maçon : Alain Bauer.

Voilà pour l'équilibre.

Mais oui ! C'est cela l'objectivité télévisuelle ! Jean-Luc Godard, en une formule brillantissime, l'a définie une fois pour toutes : « Cinq minutes pour les Juifs, cinq minutes pour Hitler. »

Et chacun peut dire n'importe quoi, et le dire en toute impunité, puisque ce n'est pas la qualité du raisonnement ni la véracité des faits avancés qui donnent du poids à la parole face à la caméra, mais le nombre, réel ou supposé, de ceux censés approuver. La valeur d'une pensée est d'abord d'ordre statistique... À ce jeu, celui qui parle en son seul nom, le solitaire dont le discours ne tire son autorité que de soi, bref, un Montaigne sera toujours perdant confronté aux représentants des croyances, des partis, des Églises, des médias, des clans, des cercles, des cabales, des sectes, des groupes, des réseaux, des courants, des mouvements d'idées : c'est-à-dire, de tous ceux qui possèdent, sur le marché de l'opinion, leurs parts de marché – la masse critique : j'entends par là, la masse sur quoi s'appuyer et garantissant le droit de critiquer. Au besoin, de dire n'importe quoi, en toute mauvaise foi, en toute impunité.

Fouad Alaoui me traite de raciste dès que j'ai l'audace d'exprimer des réserves sur le caractère démocratique et novateur de la religion musulmane ? Mais oui ! Pourquoi se censurerait-il ? si nul n'ose lui faire observer que l'islam n'étant pas une race, critiquer l'islam ne peut constituer un racisme et n'est, bismillah ! pas encore un délit ! Pourquoi se priverait-il de l'argument massue du terrorisme intellectuel ? puisque à peu près tous les participants au débat semblent avoir assimilé, avoir accepté dans les termes de la propagande islamisationniste l'équation : critique des archaïsmes coraniques égal racisme antiarabe, égal lepénisme ! Et puisque on me regarde désormais avec une sorte d'embarras teinté d'effroi, comme on surveillerait du coin de l'œil un fou furieux, chaque fois que je me risque à poser la question suivante :

Est-il encore permis, au pays de Voltaire, d'énoncer que le Coran, tout comme l'Ancien Testament, et sans doute un peu plus que l'Ancien Testament, est un livre chargé d'abominations ?

Non. Telle est la confusion mentale dans laquelle nous baignons. Le terrorisme intellectuel – encore que l'épithète soit abusive, s'agissant d'un procédé qui mobilise si peu l'intellect –, le terrorisme verbal, disons, qui consiste à mécaniquement traiter le contradicteur d'intolérant, de raciste, a fonctionné à plein, sans grincements ni heurts, dans un spectacle huilé au politiquement et télévisuellement correct.

> Voyez, voyez la machin' tourner,
> Voyez, voyez la cervell' sauter...

Hormis Chahdortt Djavann qui, elle, a connu en Iran la sinistre réalité de « l'islam réel » (au sens sarcastique où l'on qualifia de socialisme réel la vie faite de peurs, de pénuries, de promiscuité avec des délateurs dans des appartements collectifs exigus et de persécutions policières vécue au paradis soviétique), et en dehors de l'invité irresponsable, le trop léger Léger, l'assistance s'efforce de « calmer le jeu », ne cesse d'affirmer qu'il faut « dépassionner le débat ». Autrement dit, avaler sans broncher la vomitive mixture que lui servent les islameux (nommément Fouad Alaoui et Xavier Ternisien) : faussetés confites et molles finasseries truffées, tartuffées de menaces voilées (c'est le cas de le dire).

À la fin, le si habile secrétaire général de l'Union des organisations islamiques, Fouad Alaoui, et son jésuitique acolyte journaliste au *Monde*, le si terne Xavier Ternisien, aussi insultant et calomnieux que son modèle, passeront pour les tolérants, les modérés, les humanistes. Et Chahdortt Djavann et moi, qui seuls aurons tenté de démonter leur rhétorique retorse, de détordre leurs arguments tordus et les pousser dans les retranchements de leur mauvaise foi, nous verrons traités d'ayatollahs. Admirable renversement ! résultat de la fascination qu'ont toujours exercée les violents, les militants, les exaltés, les dévots, les sectaires sur les bourgeois rangés – le Tartuffe sur Orgon. Volonté trouble, chez le conformiste, de se rabaisser, de s'asservir au mal pour mieux enfouir en soi d'indicibles désirs. Masochisme moral. Dont toutes les terreurs politiques ou religieuses dans l'Histoire se sont servies pour asseoir leur pouvoir.

Complaisance ? Précaution oratoire ? *Captatio benevolentiæ* des orateurs romains dont on nous enseignait l'art en première Lettres classiques, au lycée, à l'époque où les humanités étaient encore considérées comme le meilleur accès à l'humanisme et, par là, à l'humain : capter la bienveillance de l'auditeur. Ou, en l'occurrence, flatter l'islamiste assis à cette table, s'attirer l'indulgence du fanatique qui veille et pourrait prononcer une fatwa contre nous, nous condamner à mort si la charia avait chez nous force de loi… Toujours est-il. Les politiques : Jack Lang, Aurélie Filippetti et Jean-Louis Borloo ont tous à cœur de jurer, chacun à son tour, deux fois, trois fois de suite, que nous avons tous ici autour de la table le plus grand respect pour leur religion.

Tous ? Mais non ! Pas tous ! Moi, je n'ai pas le plus grand respect pour la religion musulmane. Mais je ne pourrais certainement pas le dire sans provoquer l'ire de la verte Aurélie Filippetti, qui, à tout bout de champ, me coupe la parole et criaille : « Mais ! je ne peux pas vous laisser dire que... Mais ! je vous interdis de... »

Que disais-je, quand pour la énième fois la coupeuse de... m'interrompt ? Que dans les banlieues et cités ouvrières autrefois bastions socialistes ou communistes (dont elle parle fort bien dans son roman), abandonnés par les services publics et sociaux comme par les partis politiques (ce dont elle est d'accord), les imams –. Par une sorte de pavlovisme verbal, le seul fait que j'aie articulé le mot « imam » déclenche en elle l'injure : « raciste ! » Qu'allais-je donc dire de si indicible que la verte conseillère municipale veut m'interdire de le dire ? Ceci : on est en droit de s'inquiéter de la mainmise des imams sur ces quartiers populaires ravagés par la misère et la désespérance. Pour la plupart étrangers, parlant souvent mal le français si seulement ils le parlent, ces imams sont payés et surveillés par les consulats de leurs pays, lesquels sont sans exception soit des monarchies absolues soit des dictatures. Ces imams favorisent un dangereux communautarisme, ils introduisent ou confortent dans ces quartiers un certain droit coutumier, des habitudes de penser, des mœurs : infériorité de la femme, soumission des filles, mariages arrangés endogames, exclusion des non-musulmans, non-liberté de conscience, etc., incompatibles avec nos lois, notre conception de la dignité humaine, enfin, notre idée, si incertaine et controversée qu'elle soit, de la civilisation.

Cette défaite du modèle d'intégration français, cette monstrueuse faillite de la République, les premiers responsables en sont évidemment les politiques et, au premier chef, les socialistes et leurs satellites de la gauche dite plurielle : verts et communistes.

Voilà ce que je voulais dire. Voilà ce que la verte conseillère municipale ne veut surtout pas s'entendre dire. « Je ne peux pas vous laisser... Je vous interdis de... Raciste ! »

Qu'ai-je donc touché en elle de si sensible, de si à vif ? Et qu'est-ce qui l'autorise à récuser avec tant de véhémence le bouleversant témoignage de Chahdortt Djavann ? « J'ai porté dix ans le voile. C'était le voile ou la mort. Je sais de quoi je parle. »

Quel intime sentiment de honte qui provoque un tel emportement ?

Eh bien, voilà ! Les islamisateurs ont trouvé un allié inattendu dans leur combat pour l'islamisation de la France : le collabo bobo. Vert ou rose, voire rouge, le petit bourge de gauche qui purge sa culpabilité en se jetant à plat ventre devant les Frères musulmans et les militants du Tabligh. Le petit bourge de gauche qui s'insurge parce qu'un proviseur exclut du lycée deux midinettes hystériques qui ont trouvé plus expéditif de porter le voile islamique que de concourir à Star Ac'pour obtenir leur quart d'heure de célébrité télévisée. On en est là.

Le Mouvement contre le racisme, l'antisémitisme et pour la paix proteste. Les Verts et la Ligue communiste révolutionnaire s'empressent d'inviter au Forum social européen Tariq Ramadan. Tariq Ramadan dresse une liste d'intellectuels juifs (qu'ils soient ou ne soient pas juifs lui importe peu : est juif, aux yeux de Tariq Ramadan, quiconque ne pense pas comme lui), il les stigmatise en tant que tels, les accuse d'une sorte de complot intellectuel, ce dont Hitler les accusait aussi... Voilà qui devrait suffire à disqualifier à jamais Tariq Ramadan, à l'exclure du commerce intellectuel, à l'ostraciser. Mais non ! le duo Besancenot & Contassot estime estimable Tariq Ramadan. Des propos qui soulèveraient le cœur de ces rigoureux moralistes et les feraient descendre dans la rue s'ils étaient proférés par Le Pen, leur paraissent tout à fait défendables si c'est Tariq Ramadan qui les signe. Pardi ! Puisque Tariq Ramadan est arabe ! Quant à Noël Mamère, il juge scandaleuse la réprobation que suscite ce texte de « Notre Frère Tariq ». Il dénonce une « campagne » (notez qu'il ne dit pas un « complot »).

On connaissait les alliances brun-rouge, voici donc le temps venu des alliances rouge-vert islam, et vert écologiste-vert islam, vert-vert ?

Ici, la probité intellectuelle, dont Aurélie Filippetti semble si dénuée à mon endroit, m'invite à préciser qu'elle s'est désolidarisée de ses camarades et s'est opposée à la présence de Tariq Ramadan à ce forum, ce qui est tout à son honneur. Dont acte.

Mais j'ai beau avoir écrit *On en est là*, je ne m'attendais pas à entendre, un jour, dans un débat sur l'islam, qu'on devait s'interdire de critiquer la religion musulmane car c'est la religion des pauvres ! que s'attaquer à l'islam, c'est s'attaquer aux pauvres. Il m'avait échappé que les émirs du Golfe, le roi du Maroc, le sultan de Brunei étaient pauvres... On en est là dans le délire des compagnons de route du totalitarisme nouveau ? On en est là. En d'autres temps, critiquer le communisme c'était s'attaquer à la classe ouvrière, désespérer Billancourt.

Ah ! mais, puisqu'on est dans le délire, il y a là aussi, priée de nous faire partager son expérience et de nous donner son avis, la sempiternelle Siam Andalouci, la voilée de service, l'invitée quasi obligée des émissions où il est question du voile islamique.

Voilée d'une manière dont sans doute jamais ne se voilèrent ni sa mère ni ses aïeules, qui auront porté le voile traditionnel ou une variante de ce voile traditionnel en usage dans leur pays... Siam Andalouci arbore ici ce voile strict, à pli net à hauteur des tempes, noué au carré, blanc cassé. Quel voile ? Si vous regardez dans les magazines les illustrations des reportages consacrés au djihad et au terrorisme islamique, ou si vous suivez assez attentivement les journaux télévisés, il vous remémore forcément quelque chose, ce voile-là. Mais oui ! ce voile pour ainsi dire militant, ce voile militant sinon militaire, vous l'avez vu coiffer l'élite des soldates iraniennes du djihad, ces femmes qui iront jusqu'au sacrifice de leur vie pour la plus grande gloire d'Allah et la victoire sur les Infidèles ! Et vous l'avez vu coiffer les jeunes filles palestiniennes qui se font exploser au milieu de la foule en Israël. C'est le voile strict, blanc, pli net à la tempe, noué au carré, des « martyres ».

Malaise ? Malaise en moi, en tout cas. Ce malaise, il me semble cependant que je suis bien le seul sur le plateau à l'éprouver : Chahdortt Djavann pour sa part, en a trop vu, trop vécu. C'est le malaise que je ressentirais en présence d'un invité qui exhiberait un brassard à croix gammée, par exemple... Je ne dis pas que Siam Andalouci est une soldate d'élite du djihad ni une terroriste du Hamas. Je dis que la vue de sa coiffe me donne la nausée en raison de ce qu'elle peut signifier aussi – j'allais écrire : à cause de ce qu'elle peut cacher, mais je m'aperçois que ma phrase serait alors ambiguë.

Ce qu'elle a dans le cerveau, sous la coiffe, Siam Andalouci, malgré son éloquence mensongère, ne peut pas le cacher. Elle se trahit. Par deux fois, elle nous assène ceci : « Il faut se battre contre les filles qu'on force à porter le voile ! » Terrible aveu ! L'effrayante bigote annonce la couleur : une campagne de persécutions religieuses. Ce dont apparemment personne autour de la table ne s'offusque (pour ma part, je me trouve alors dans les coulisses, dans les dépendances, n'étant invité à intervenir qu'en seconde partie de *Culture et dépendances*) ! Or, que proclame Siam Andalouci, pourtant ? Qu'il faut se battre contre, qu'il faut mater ces malheureuses que leur famille contraint à se voiler afin de les conduire à accepter de leur plein gré, voire avec enthousiasme, la marque de leur soumission ; les conduire à renoncer librement à leur liberté, en somme. Que la peine qu'on leur impose soit leur choix ! Siam Andalouci ne cesse de répéter : « C'est mon choix ! » Elle semble (je dis bien : elle semble, je ne l'affirme pas), elle semble avoir, comme Fouad Alaoui, suivi un training intensif de com, appris à parler en public sur les conseils d'un coach. Si ce n'est pas le cas, si c'est sa foi seule qui l'inspire, cette foi n'a rien de soufie : c'est une pure mécanique mentale, une foi sans contenu, non pas un élan mais un plat militantisme.

« Il faut, dit-elle donc, se battre contre les filles qu'on force à porter le voile ! » Cela ne vous évoque rien ? Moi, si. Les terrifiantes mères supérieures des couvents de l'Ancien Régime cherchant à obtenir des malheureuses filles que leur famille avait forcées à prendre le voile, ces nonnes malgré elles, ces rebelles, leur libre consentement, leur assentiment (lire ou relire *La Religieuse*, de Diderot). C'est là le programme pervers, sadique, de tous les totalitarismes religieux ou politiques : que la victime finisse par vouloir le mal qui lui est fait. Qu'elle en vienne à concevoir que cet esclavage est sa liberté. Qu'elle s'écrie, de guerre lasse, épuisée par le harcèlement moral, l'isolement en cellule, les brimades, les punitions, les privations qu'elle a subies : « Dieu le veut ! C'est mon choix. »

Quand on me laisse enfin la parole, je me permets de briser le charme sous lequel la dévote semble tenir l'auditoire. Je cite Siam Andalouci et je fais observer à l'assistance distraite l'énormité de l'aveu. La réponse fuse aussi sec : « C'était un lapsus ! » Certes. Mais combien révélateur ! D'autant que réitéré.

Et, de fait, il suffit de tendre un peu l'oreille, d'avoir cette écoute flottante que le freudien accorde à son patient, pour apprendre beaucoup de choses, et de fort inquiétantes, sur les perspectives des « fascislamistes » (le mot est de Moh).

Barbus et voilées s'avancent ainsi à visage presque découvert :

Fouad Alaoui se vante, au Bourget, d'avoir fait supprimer de l'acte fondateur du Conseil français du culte musulman le rappel que l'apostasie en France n'est pas un crime mais un droit.

Siam Andalouci nous révèle le projet de persécuter les filles rétives au port du voile imposé par leurs parents : de les persuader par la manière forte de le vouloir dans leur cœur, ce signe de leur soumission.

Tariq Ramadan, lui, recense des Juifs. On peut trouver la liste de sa rafle sur la Toile.

Le reste n'est que rideau de fumée. À peine un voile.

Mais qui veut le voir ? Qui veut savoir ? Les autruches fouissent le sable. Elles craquettent à peine elles entendent un audacieux rieur oser poser une question un rien malicieuse à un sentencieux barbu, à une pieuse voilée : « Provocateur ! Nous, nous avons le plus grand respect... »

Siam Andalouci explique en long en large que le voile n'est nullement la marque d'une soumission à l'homme mais à Dieu. Que c'est parce qu'elle se tient constamment sous le regard de Dieu, qu'elle se voile et doit rester voilée.

À quoi Chahdortt Djavann, avec bon sens, et une ironie toute voltairienne, rétorque : « Ah bon ? Alors Dieu n'est pas dans la salle de bains ? »

Je suis le seul que son étincelante réplique fait rire.

Chahdortt Djavann sera jugée « hystérique » (sic), et Siam Andalouci « raisonnable » (resic). Quand Dorine se moque de Tartuffe, c'est désormais Dorine qui se fait huer ! On en est là ? On en est là.

En repensant maintenant à la scène, à l'échange, si on peut qualifier cela d'échange, entre cette jeune femme voilée comme pour la guerre sainte et moi, je saisis soudain que ma méfiance instinctive, mon profond malaise n'avaient pas pour seul motif son accoutrement et les propos, lourds de menaces, qu'elle tenait. Il y avait aussi que la bigote musulmane me faisait irrésistiblement songer à ma sœur, atroce cagote catho « charismatique » : folle de Dieu qui a couvert les murs de sa maison de fresques sulpiciennes où elle donne au Christ les traits de son fils – son fils auquel elle ne sut jamais tendre la main, offrir une chambre sous son toit, et qui mourut jeunc clochard (drogues dures, alcool, délabrement moral et corporel), mais auquel elle sut, en revanche, offrir une tombe grandiose au cimetière.

J'ai souvent fait ce constat que les faux dévots se ressemblent tous, quelle que soit la croyance avec quoi ils maquillent leurs mensonges, les fards de leur fanatisme. L'imposture religieuse n'a qu'un seul visage : lèvres pincées par le mépris, regard à la fois fixe et fuyant, hideur intérieure à fleur de peau... Dans ce studio de France-Télévisions, c'était ma sœur, ex-ultramaoïste, ex-ultraféministe, et qui aujourd'hui, ultracatholique, voudrait faire interdire les films sacrilèges d'Almodovar, de Scorsese, de Pasolini, de Buñuel, et détruire la Crucifixion de Francis Bacon (blasphématoire, Seigneur !), c'était ma sœur que j'entendais glapir : « C'est mon choix ! » Deux fois... Trois fois... Dix fois ! « C'est mon choix ! »

Et Xavier Ternisien, que je vois pour la première fois de ma vie, il me semble également l'avoir toujours connu. Je reconnais en lui le diffamateur-né. Celui chez qui la calomnie est compulsive comme l'est le juron pour les malades atteints du syndrome de Tourette. Il ne peut se retenir de proférer : « Raciste ! » Cet homme qui ne sait rien de moi, qui n'a jamais lu une ligne de moi (je ne lui en fais pas reproche), cet homme me traite de raciste et assimile mon œuvre à *La Rage et l'Orgueil*, ces déjections racistes de la répugnante Oriana Fallaci ! et insinue que tout comme l'Italienne, je traite dans mes livres les Arabes de « rats » ! Moi !

On peut donc vivre la vie que je vis, on peut avoir écrit les romans que j'ai écrits, avoir les amitiés et les amours qui sont les miennes, avoir pris les risques que j'ai pris par solidarité, par fraternité avec des Arabes persécutés dans leur patrie – mais je veux avoir la pudeur, et la prudence, de ne pas en dire plus, tout en sachant que si la campagne de désinformation menée par les organisations islamiques et leurs compagnons de route devait continuer à prendre de l'ampleur dans ce pays rongé par le mal vert, Zoraïa, Zahia, Samira, Rachida, Radjâa, Latifa, Ahmed, Ahmed, Ali, Omar, Mourad, Moustafa et dix autres témoigneraient spontanément en ma faveur (on en est là, hélas ! on en est à devoir se défendre ainsi ! c'est la guerre, hé bien ! la guerre !)… On peut donc, disais-je, s'appeler Jack-Alain Léger et s'entendre traiter de raciste et d'émule d'Oriana Fallaci par un journaliste tenu pour sérieux, d'un grand quotidien national tenu pour sérieux ?

Oui. On en est là.

Question : le rédacteur en chef du *Monde*, a-t-il lu le livre de Xavier Ternisien, *La France des mosquées* ? et en particulier le dernier chapitre de ce livre, intitulé « Sortir de la diabolisation », ct en particulier ces trois lignes du dernier chapitre, page 262 :

> Aujourd'hui, l'islam de France existe, c'est un fait. Mais on a cru, un peu trop rapidement, que l'islam français était déjà là. En vérité, cette réalité reste à construire.

Si oui, qu'en pense-t-il ?
Question subsidiaire : ce Xavier Ternisien qui se montre tout aussi odieux à l'égard de Chahdortt Djavann, a-t-il lu l'article très justement louangeur que *Le Monde*, sous la plume de Josyane Savigneau, si mes souvenirs sont exacts, a consacré à *Bas les voiles !* ?

Odieux à l'égard de Chahdortt Djavann, insultant à mon égard, mais déférent, mais onctueux à l'égard de Fouad Alaoui, l'écoutant avec un je ne sais quoi d'énamouré dans le regard, puis l'approuvant d'un ton pénétré, avec de suaves inflexions de la voix. Je crois entendre Orgon vanter les mérites de Tartuffe :

Mon frère, vous seriez charmé de le connaître,
Et vos ravissements ne prendraient point de fin.
C'est un homme... qui... ha... un homme...
                              [un homme enfin.

Fascination du sot pour l'esprit faux dont il ressent quasi charnellement, sans en saisir intellectuellement les ressorts, la puissance occulte : l'appui d'un réseau de dévots crapuleux qui n'ont d'autre visée que le pouvoir politique, d'une armée secrète.

Fascination de Xavier Ternisien pour le plus éminent d'entre eux : Tariq Ramadan, esprit faux par excellence, virtuose du double langage et de la manipulation des consciences, génial casuiste et prophète du « Nouvel Islam » – cet islam dont le rubricard du *Monde* déplore qu'il soit encore à construire en France (voir ci-dessus).

Si l'on s'inflige la pénitence de lire *La France des mosquées*, on y trouvera un surprenant portrait de « Notre Frère Tariq », tout en nuances, sfumatures et clairs-obscurs. Le modèle semble avoir inspiré au peintre sa sophistique, son art de l'argument captieux, de l'oxymore : dire à la fois une chose et son contraire.

Tariq Ramadan est un moderniste qui prône le retour aux fondements d'un islam pur et dur – un islam « intégraliste » (notez la subtilité sémantique : l'« al » allongeant l'apeurant qualificatif « intégriste »).

Tariq Ramadan est un intellectuel éclairé qui tient pour irrecevables les découvertes de la biologie ou de l'histoire non consacrées par le Coran.

Tariq Ramadan est favorable au dialogue avec la république, favorable au compromis quant aux règles imposées par la laïcité, et simultanément favorable à l'infraction hic et nunc à ces règles, avant leur abrogation définitive.

Tariq Ramadan est un humaniste qui ne condamne nullement les barbaries pénales de la charia : lapidations, flagellations, amputations punitives, tortures diverses et variées, peine de mort pour les impies et les apostats –, ni les propos délirants de son frère Hani, qui voit dans le sida la juste punition dont Allah Très-Miséricordieux frappe ces chiens d'Occidentaux dépravés.

Tariq Ramadan condamne fermement les attentats suicides et approuve sans réserve ceux qui les commettent : leur « martyre » est selon lui la plus haute expression de la foi.

Tariq Ramadan est un démocrate qui salue du nom de frères et d'alliés les massacreurs du FIS, les assassins de nouveau-nés, ceux qui, à Relizane, laissèrent après leur passage un fouloir débordant d'innocents décapités, des guirlandes de viscères humains dans les arbres, un oued de sang ! ces camarades auxquels il ne trouve à reprocher que quelques vénielles erreurs tactiques dans leur lutte pour conquérir le pouvoir en Algérie... « Un détail », disait Le Pen des chambres à gaz.

Tariq Ramadan est un universaliste communautariste. (Eh oui ! le but est qu'à la fin des fins, ne restent plus que des musulmans sur terre... Mais cela, on l'avait compris.)

Tariq Ramadan pourrait, en somme, aujourd'hui, souscrire à la profession de foi du père de sa mère, Hassan al-Banna, le fondateur du mouvement des Frères musulmans :

> DIEU EST NOTRE BUT.
> LE PROPHÈTE EST NOTRE MODÈLE.
> LE CORAN EST NOTRE LOI. LA GUERRE SAINTE
> EST NOTRE VOIE.
> LE MARTYRE EST NOTRE VŒU.

Et Tariq Ramadan est donc cet agitateur politique totalitariste islamiste antisémite et fascisant que le Forum social européen juge digne de recevoir et d'écouter.

Et Tariq Ramadan est considéré par des intellectuels qui, pour comble, se prétendent antifascistes, comme un interlocuteur valable, et non quelqu'un à qui on doit au moins refuser de serrer la main, si on ne va pas jusqu'à lui cracher à la gueule.

Si le Front national avait édité sur son propre site la page antisémite que Tariq Ramadan diffuse sur l'Internet, si Le Pen avait signé les diatribes méprisantes que « Notre Frère Tariq » écrit contre les Beurs de la deuxième génération, les « Beurs blancs », ceux qui ont voulu le plus fort l'intégration dans la société française, ceux qui revendiquèrent non pas le droit à la différence mais bien le droit à l'indifférence, ceux qui préféraient aller teufer comme tout le monde que prier à la mosquée (seulement, hélas ! les gros bras qui font le tri au faciès, à la porte des clubs, leur refusaient souvent l'entrée, à eux, les basanés, les bougnoules, les melons : qu'on ne vienne pas s'étonner si certains d'entre eux, vexés, ont couru ensuite sonner à la porte des médersas, où, là, ils furent accueillis à bras ouverts...), si Le Pen, dis-je, avait tenu en public le discours de « Notre Frère Tariq », les altermondialistes, les anticolonialistes et autres antiracistes, les communistes, les pacifistes, les gauchistes, les ultragauchistes seraient descendus dans la rue. Ils auraient défilé de Bastille à République en scandant, à leur habitude : « Le fascisme ne passera pas ! le fascisme ne passera pas ! », en rangs serrés derrière la vénérable banderole ¡ *NO PASARÁN !* que l'on ressort aux grandes occasions – débarquement de la baie des Cochons, coup d'État des colonels grecs, bombardement de Hanoï, assassinat d'Allende, installation des fusées Pershing, invasion de l'Irak, profanation de tombes juives au cimetière de Carpentras, premier tour de l'élection présidentielle le 21 avril 2002... Mais puisque c'est « Notre Camarade Tariq » qui les tient ces propos haineux, lourds de menaces, il sera notre invité au Forum. Le fascisme ne passera pas, l'islamisme, si !

¡ BARBUDOS PASARÁN !
*« C'est la luuute finaaale, groupons-nous et demain,
la foi musulmaaaane, sera le genre humain ! »*

Dans *Collected Essays*, George Orwell fait cette remarque : « Les intellectuels ont un beaucoup plus grand penchant pour le totalitarisme que les gens simples. »

Et Tariq Ramadan est donc tenu par un collaborateur du journal *Le Monde* pour un homme certes assez difficile à déchiffrer, mais si charismatique ! et tout à fait respectable.

Et Tariq Ramadan, enfin, est reçu en superstar par Thierry Ardisson, à son show du samedi soir.
Tout le monde en parle.
C'est la gloire ! Applaudissez !
« Allahou Akbar ! »

■

« L'humeur, l'honneur, l'horreur », alléguait superbement le prince de Ligne auquel on demandait, après la Révolution, pourquoi il refusait de retourner sur ses terres.
L'humeur, l'honneur, l'horreur. C'est dans cet aristocratique état d'esprit, et la fièvre, que j'écris ceci. On n'en peut plus ? On n'en peut plus.

II

« L'humeur, l'honneur, l'horreur. »
L'humeur. L'humeur que me donne la conjuration des imbéciles et des idiots utiles au totalitarisme qui, sous couvert de tolérance, d'antiracisme, d'amitié entre les peuples et de défense des droits de l'homme, veulent censurer, et y parviennent un peu plus chaque jour, tout libre examen des religions et du sacré, toute réflexion sur les civilisations et les cultures : leur valeur à une époque donnée, leur caractère émancipateur ou mortifère, leur éclat ou leurs noirceurs. L'humeur, l'humeur que me donne cette nouvelle cabale des dévots qui voudrait, au nom de l'égalité et de la fraternité, nous priver de nos libertés, nous voir revenir sur les acquis des Lumières : la lecture critique des textes, y compris des grands textes sacrés, l'analyse, l'irrespect, l'impertinence, si besoin est – bref, oui, le droit à l'humeur ! Baudelaire souhaitait ajouter aux droits de l'homme, le droit de se contredire et le droit de se

retirer, il faudrait y ajouter encore le droit à l'humeur. Le droit d'avoir de l'humeur quand des croyances, des pratiques, des coutumes heurtent notre sensibilité, notre sens de la justice, de la vérité, du beau.

Par un retournement spectaculaire – j'entends un retournement produit par notre société du Spectacle, qui tourne à vide et mouline les idées dans un mouvement toujours plus rapide, et les pulvérise en temps réel, et les évacue en flux tendu –, ce progrès des Lumières que furent le relativisme en matière de civilisations, la curiosité pour les autres cultures : s'ouvrir au monde, s'émerveiller de la diversité humaine, lire les sages chinois en buvant du chocolat, se demander : « Comment peut-on être Persan ? », voilà qui nous interdirait aujourd'hui d'évaluer, de discuter, de juger toute culture au monde, toute civilisation, hormis, cela va de soi, la civilisation de l'Empire américain et de ses imitations made in Europe, d'avance tenue pour coupable et condamnée, sans jugement, à dépérir. Il s'agissait, pour l'Européen honnête homme du XVIIIe, de s'éclairer. Il s'agit, pour l'Occidental névrosé postmoderne de consommer de la différence. Et, pourquoi pas ? il est en promotion au supermarché des englobants (je cite ici Tariq Ramadan qui écrit, sic, en français dans le texte :

« L'Islam est un englobant » ! cela ne s'invente pas et je n'aurais pas osé), de l'islam !

À l'arrogance ancienne, à l'autisme du : J'ai raison parce que c'est moi qui le pense –, a succédé le délire masochiste du : L'autre a raison parce qu'il est l'autre. Et, s'il est permis de parodier la célèbre formule de Guy Debord : dans le monde réellement renversé, le vrai est un moment du fou. Ou du flou. Ou du tout et n'importe quoi… Aucune croyance, aucune coutume, aucune pratique étrangère à notre culture ne sera plus critiquable, si barbare soit-elle. Toutes auront droit de cité parce que venues d'ailleurs, parce que différentes. Il se trouvera ainsi en Occident des féministes pour défendre, au nom du respect des usages identitaires dans nos anciennes colonies africaines, le droit à l'excision des filles ! Et le génial auteur de *L'Usage des plaisirs*, de la *Volonté de savoir*, du *Souci de soi*, j'ai nommé Michel Foucault, acclamera l'instauration démocratique de la république islamique en Iran, louera son Guide suprême, l'ayatollah Ruhollah Khomeiny.

Résultat de ce vertigineux renversement de perspectives, l'universalisme de la Raison est désormais voué au mépris universel. Une seule civilisation est devenue indéfendable, une seule n'a plus voix au chapitre : le siècle des Lumières.

C'est ainsi qu'il y a une dizaine d'années déjà, dans une tribune publiée par le journal *Le Monde*, le spécieux Mgr Lustiger accusait froidement la philosophie des Lumières d'avoir abouti à la Shoah. « Tu l'as dit tu l'as ! » Auschwitz est la faute à Voltaire, la faute à Rousseau ! Mais oui ! c'est un fait historique bien établi : Hitler a beaucoup fréquenté le salon de Mme du Deffand, il s'est inspiré de Montesquieu pour rédiger les lois raciales du IIIe Reich, il a élaboré la Solution finale au cours d'une conversation avec son ami Diderot, au café de la Régence...

Qu'une si monstrueuse diffamation soit tombée dans une si assourdissante absence de réactions indignées ! Mais ce révisionnisme est permis, puisque venant d'un homme d'Église. Le retour du religieux et la montée des intégrismes sont, pour les trois religions du Livre, l'occasion de régler leur compte aux libertins et autres libres penseurs. Elles s'accordent au moins sur ce point : nous psalmodier en chœur que l'intolérance a changé de camp. Et nombre de penseurs à la mode, et une bonne partie de la presse, d'entonner à leur suite cette sornette. C'est ainsi qu'on se voit maintenant ici ou là accusé de « laïcisme », comme s'il y avait parfaite symétrie entre les « ismes » – intégrismes religieux ou politiques, quels qu'ils soient – et la défense de nos libertés.

Et le nouveau culte aujourd'hui dominant en France : la sainte trinité du Gnangnan, du Sympa et du Cool politiquement corrects n'est pas en reste pour affubler de noms d'oiseaux ceux qui s'obstinent : « laïcard ! ringard ! rétrograde ! ayatollah ! passéiste »… J'en passe.

Bibi : « Bondieusards ! Culs bénits ! »

Tous demandent un assouplissement des règles républicaines de la laïcité, mais que la Justice, en revanche, élargisse la définition du racisme afin de constituer en délit ce qui heureusement, jusqu'ici, demeure, mais pour combien de temps encore ? la libre expression d'une opinion. Le droit, Dieu merci ! de dire : « Dieu est mort. »

D'étranges complicités se nouent entre cultes rivaux pour intimider les esprits forts, tenter de réintroduire dans nos lois la notion de blasphème. La Mosquée de Paris intente un procès à Michel Houellebecq parce qu'il a déclaré dans une interview que « la religion musulmane est la plus con de toutes » : aussitôt l'archevêché manifeste son appui à la mosquée, exprime sa solidarité avec la communauté musulmane dans cette terrible épreuve, s'associe à sa démarche. Et le MRAP exige une sanction exemplaire. Et M. Charles-Henri Flammarion, éditeur du satanique impie, ira implorer, bismillah ! l'aman auprès du recteur de la mosquée !

« Noli me tangere ! » Touche pas à ma croix ! Touche pas à mon hidjab ! Touche pas à mes teffilins hassidiques !

On perçoit, dans ce zèle des catholiques à voler au secours de ceux qui naguère étaient, à leur dire, « l'Infidèle mahométan », ou « le Juif perfide », comme une très vague nostalgie de l'époque bénie où l'Église pouvait condamner le chevalier de La Barre à avoir le poing coupé, la langue arrachée, puis être décapité avant d'être brûlé (Hani et Tariq Ramadan ne trouveraient rien à redire si le supplice était commis en application de la charia), pour avoir omis de se découvrir au passage d'une procession.

Une sorte de troc des susceptibilités s'instaure entre cultes : Je te soutiens sur la question du voile à l'école, je proteste chaque fois qu'une jeune fille voilée est exclue du collège, tu me soutiens dans ma campagne pour faire interdire l'affiche du film *Amen* qui profane, en la gammant, la croix où fut crucifié notre Sauveur. Un film diabolique, adapté d'une pièce diabolique, qui offense la mémoire de Sa Sainteté Pie XII ! une œuvre qui ose prétendre que ce bon pape ne fut pas trop ardent à dénoncer l'extermination des Juifs – dont les vrais responsables sont les Encyclopédistes, n'oublions pas.

Troc des obscurantismes, aussi : puisque par opportunisme, pour des motifs purement clientélistes, purement électoralistes, le gouvernement autorise l'ouverture d'écoles Loubavitch, nous voulons, nous, nos écoles coraniques ! et nous les aurons...

Et nous les avons ! À la rentrée 2003, c'est fait. Aucune raison de ne pas ouvrir d'autres écoles où faire reculer la Raison, où enseigner la fierté identitaire, où inculquer aux enfants, dès la maternelle, qu'eux seuls apprennent la Vérité !

Mais puisque c'est moi qui suis intolérant ! moi qui suis raciste !

La religion catholique se plaint, non sans motifs, d'être la seule en France dont on puisse impunément moquer les rites et les symboles. Je l'avoue, la provocation infantile d'un artiste bidon qui expose un crucifix plongé dans un bocal d'urine ne me choque pas – c'est décidément trop con pour me choquer – mais me répugne moi aussi. Et je ne suis (du verbe suivre) pas Voltaire jusqu'au bout dans son entreprise de désacralisation jusqu'au désenchantement, jusqu'à la sécheresse. Ses plaisanteries faciles, qui au siècle suivant plairont tant aux positivistes et à M. Homais, m'exaspèrent parfois. Je me sens plus proche de Chateaubriand. Je sacrifie au sacré, je révère le spirituel, ses fastes, ses enchantements, ses sortilèges. Les chants religieux hébraïques, l'art de la samâ soufie, la saeta lancée d'un balcon par la chanteuse flamenca lors de la Semaine sainte, les cantates de Bach, le Requiem de Brahms, la Crucifixion de Vélasquez, la Descente de croix de Van der Weyden, la Pietà du Titien, déambuler dans la mosquée de Cordoue, écouter réciter le kaddish devant le cerceuil du père d'un ami, coiffer la kippa pour le porter en terre, ou une lecture de Pascal, ou de Hallâj, ou des cantiques de Thérèse d'Avila – *Nada te turbe, nada te espante, todo se pasa...* – m'émeuvent aux larmes. Mais pourquoi devrais-je, du coup, sacrifier les joies sans pareilles de l'intelligence ? renoncer aux fastes, aux enchantements, aux sortilèges de l'esprit critique ? Pourquoi, surtout, devrais-je accepter ce spectaculaire retour aux ténèbres, et céder à l'esprit du temps : l'esprit de sérieux dont les dévots conjurés des religions du Livre et leurs compagnons de route, militants pleurnichards de l'humanitarisme, nous assomment ? Le si peu spirituel, aux deux sens du mot spirituel, esprit du temps.

Alors que le Tibet gémit sous la botte chinoise, puis-je ricaner des niaiseries que le dalaï-lama débite dans le hall du Crillon devant les caméras de France-Télévisions ?

Oui.

Et puis-je avouer que j'éprouve un vif malaise lorsque dans mon quartier, en plein Paris, je croise une petite famille nombreuse de Juifs orthodoxes pratiquants ? La mère, rasée en stricte observance de la Michna, coiffée d'une hideuse perruque, promène sa progéniture : ses deux derniers dans une poussette double, trois autres mioches littéralement accrochés à ses basques ou sinon blottis dans les pans de son manteau entrouvert, trois gamins blafards, aux mines chiffonnées, et qui jettent des regards effarouchés aux passants – horreur ! des Gentils, sans doute… Puis-je trouver poignante la vision de ces enfants inscrits dans une école juive, qui jamais ne joueront avec un petit Goy ou un petit Rebeux de leur âge parce que leurs parents ont librement choisi leur ghetto ? « C'est notre choix ! », comme le proclament à tout va les invités des shows télévisés… Mais est-ce le choix de leurs enfants que je vois au square de la Cité-Fleurie, si sages, si tristes, s'amuser médiocrement entre eux, toujours sous l'œil attentif de la mère, tandis qu'autour d'eux les autres minots jouent au foot, à chat perché ou à Starwar, et crient, rient aux éclats, se tirent dessus, deux doigts tendus – pan pan ! –, se roulent dans l'herbe ou le sable, incarnent un moment Zidane, Robocop ou le Roi Lion ? Puis-je éviter de me faire traiter d'antisémite si, avec toutes les précautions d'usage, j'ose poser la question ?

J'ose poser la question, oui.

Et puis-je encore me risquer en public à quelques remarques au sujet du Coran ?

Je m'y risque un soir, à RTL, où, de 19 h 10 à 20 heures, *On refait le monde*. Conscient de ce que l'exercice peut avoir de superficiel dans un tel cadre, mais, bon ! à la guerre comme à la guerre... C'en est une. Sauf que, je m'en apercevrai vite, le sujet est devenu, y compris dans une émission politique où le politiquement correct est banni par principe, je m'apercevrai vite que le sujet est devenu – comment dire ? un rien « haram », tiens !

À propos de guerre justement, à propos de guerre sainte, on me fait souvent observer que la chrétienté l'a menée durant de longs siècles contre les Infidèles, qu'elle a beaucoup massacré au nom de Dieu.

Certes.

Est-ce que cela ne devrait pas nous rendre plus discrets dans notre condamnation des aspects belliqueux de l'Islam ?

J'ai envie de rétorquer que *Nul ne peut se prévaloir de sa propre turpitude*, c'est un article de loi. Et d'ajouter que, Dieu merci (décidément !), plus aucun pays d'Europe n'extermine d'autres peuples au nom du Christ. Les Lumières y sont pour quelque chose.

On m'oppose, alors, que si je suis indifférent en matière religieuse, et je le suis en effet, je devrais me montrer également indifférent quant à la valeur des textes sacrés. Après tout, on a tué en tenant d'une main l'épée, de l'autre les Évangiles ; comme on a tué en tenant d'une main le cimeterre, de l'autre le Coran.

Je ne suis pas chrétien, et donc peu suspect de partialité en faveur du christianisme, mais je réponds ceci : idem ? À cette différence près, et qui n'est pas mince : rien, absolument rien dans les Évangiles ne justifie ni la guerre sainte, ni l'Inquisition, ni les persécutions, ni les supplices, ni aucunes des abominations innombrables commises par l'Église et les rois chrétiens au nom de la foi. Et ce fut une abomination supplémentaire que de perpétrer ces crimes prétendument par amour de Jésus, mort sur la croix pour nos péchés. En revanche, de nombreux versets du Coran justifient, hélas, le djihad et les atrocités de la charia. Le chevalier croisé, quand il lève l'épée, désobéit à son Sauveur. Mais le musulman qui, sur la seule crainte qu'elle puisse lui désobéir, enferme sa femme dans sa chambre et la frappe, il obéit à Allah, il suit à la lettre le verset 34 de la quatrième sourate, *An-Nisa'*.

Et à toute objection, le musulman ne répond, ne peut que répondre : « C'est écrit. »

Est-il encore possible en France, en 2003, d'aborder le sujet sans soulever un tollé ?

Il semble que non. La question choque, passe pour une provocation ourdie contre la communauté musulmane déjà si durement éprouvée par les propos impies de Houellebecq.

Mais Fati, Rachida, Assia, mes amies, comme d'autres femmes d'origine musulmane qui ont enfin le courage de refuser que ce fait, cet état de nature pour ainsi dire, les prédestine, ces femmes qui revendiquent la liberté de se déraciner, de choisir leur destin, ces femmes tiennent un discours plus radical qu'aucun homme ne pourra jamais tenir sur le Coran : ce livre ne s'adresse pas à nous, ce livre n'est pas pour nous. Le Coran ne s'adresse qu'à une moitié de l'humanité. Allah, par le truchement de Mahomet, ne professe qu'aux hommes, ne parle qu'aux hommes. Il n'est que de lire l'*An-Nisa'*, et l'on sera édifié.

Et certes, ces femmes n'ont pas l'esprit borné des positivistes bouffe-curés qui, au XIXe, allèrent jusqu'à nier la valeur civilisatrice du christianisme et minimiser son apport dans notre culture, dans notre pensée. Comment négliger l'imprégnation coranique de la culture et des modes de penser que leur ont transmis leurs parents, et qui est aussi leur trésor ? Comment ne pas reconnaître la valeur civilisatrice de l'islam ? Si ténu soit-il, comment ne pas entendre en soi, au plus intime, l'écho du message spirituel transmis par le Prophète, la musique recueillie par les poètes de l'Islam ?

Mais là s'arrête pour elles le respect dû au texte sacré. Qu'on veuille aussi leur assentiment, et pire, leur soumission à la lettre d'un commandement qui ne leur était pas adressé est un abus.

« Barakat ! »

Faites avec, les hommes ! mais ce livre – le Livre ! avec un grand L – n'est pas pour nous, disent-elles.

Elles passent pour un peu folles.

Et folles, aussi, Ruth, Judith, Sarah qui refusent de considérer comme leur religion une religion qui commande à l'homme pieux de remercier Dieu, chaque jour que Dieu fait, de ne pas l'avoir fait femme ?

C'est des femmes, qui ont beaucoup plus à perdre dans l'islamisation de la France, que viendra le sursaut sans doute. Ce sont elles qui sauveront l'honneur.

« Mais moi, Arabe voltairienne… », m'écrit Zoraïa.

■

« L'humeur, l'honneur, l'horreur. »

L'honneur. Le sens de l'honneur qui s'insurge en moi quand je vois de quel déshonneur le gouvernement est capable face à la montée du péril islamiste en France ; quand je vois à quoi, par opportunisme, pour des raisons de basse politique, il peut s'abaisser.

Quand je vois aussi comment un esprit collaborationniste s'installe dans les cabinets des ministères, les missions et commissions parlementaires mais également les comités de sages, et les séminaires consacrés au sujet, forums, colloques, rencontres de ceci ou de cela, journées de ceci ou de cela, pour ne rien dire de ces shows télévisés qui, de fait, détiennent une part du pouvoir exécutif, législatif et judiciaire en France : *Ça se discute*, *C'est mon choix*, et autres *Tout le monde en parle*, où, en toute irresponsabilité, au nom de la démocratie, on offre une tribune aux ennemis de la démocratie, lesquels se voient traités à égalité avec les responsables de ce pays, quand ce n'est pas avec beaucoup plus d'égards…

Ce gouvernement ne se contente plus de laisser la peste verte infecter les quartiers dits sensibles, il lui offre une légitimité. Comme en d'autres temps, fruit d'un raisonnement à très courte vue, le gouvernement en Allemagne crut habile de composer avec la peste brune, d'acheter à ce prix la paix civile.

Cynisme (l'ordre à n'importe quel prix, serait-ce la restriction de nos libertés civiles, la porte ouverte au fanatisme religieux et au fascisme) ?

Angélisme (l'idée qu'en tendant la main aux intégristes, en leur cédant sur les mœurs, les coutumes, les rites, on finira par les civiliser) ?

L'un et l'autre. Ce mélange d'angélisme et de cynisme qui fait le fond infect de toutes les démagogies. L'idiotie politique à l'œuvre dès qu'il s'agit de l'intégration des citoyens français issus de l'immigration. Droite et gauche, là-dessus, kif kif. On se rappelle la sinistre farce de l'enseignement de l'arabe imaginée par des énarques du ministère de l'Éducation nationale sous un gouvernement de gauche : l'arabe littéral, l'arabe utile à l'éveil intellectuel et aux métiers prestigieux est réservé aux bons lycées fréquentés par les enfants de la bourgeoisie tandis que les lycées poubelles de banlieue proposent aux enfants d'immigrés l'arabe dialectal, l'arabe que yema parle à la maison. Et le collège envoie aux parents d'élèves dont les noms sonnent, eh bien, bougnoule, quoi ! bicot, arbi, craoui, crouille, rat, raton, rabza, une lettre pour leur conseiller d'inscrire leurs enfants à ces cours où ils apprendront « leur langue maternelle » ! (Ali : « Un Arbi dirait d'ailleurs plus volontiers que c'est sa langue "paternelle", mais, passons ! »)

Déshonneur !

Dans le cas du gouvernement actuel, il ne faut pas négliger non plus un autre aspect : le sordide calcul économique. La politique raffarine, remake minable, franchouillard et faux derche, du thatchérisme, applique dans tous les domaines le traitement ultralibéral des problèmes. Il s'agit de diminuer drastiquement la dépense des services publics en externalisant, en privatisant, en sous-traitant.

Sous-traiter le maintien de l'ordre dans les quartiers à forte population immigrée ou issue de l'immigration nord-africaine, obtenir ainsi à moindre coût la tranquillité dans les cités dévastées par le chômage, mais comment ? Eh bien, en confiant le maintien de l'ordre aux imams et à leurs jeunes séides, anciens lascars et zyvas convertis depuis peu en zélés gardiens de la vraie Foi... Selon ce grand principe marqué au coin de la morale policière : Nous préférons voir de jeunes Rebeux prier cinq fois par jour à la mosquée que de les voir foutre le souk au centre commercial. La bonne conscience bourgeoise est sauve. Après tout, sous de Gaulle, les dirigeants les plus avisés du grand patronat et leurs loyaux serviteurs des cabinets ministériels concevaient que l'encadrement communiste était une bonne chose dans ces banlieues où s'entassait la classe laborieuse – qui aurait pu s'avérer, sans cela, classe dangereuse. Mieux valait déléguer le maintien de l'ordre aux tenants d'une idéologie forte, totalitaire. Des associations sportives et culturelles et les listes d'attribution des HLM tenues par les rouges plutôt que l'anarchie et la débauche : la vie beaucoup plus misérable mais, par certains côtés, plus joyeuse et libre, des ouvriers parisiens à l'époque des guinches sur les fortifs avec les apaches. Qu'importe l'embrigadement ? qu'importe si les principes républicains et la liberté de conscience sont quelque peu malmenés au passage ? C'est toujours assez bon pour ces gens-là, n'est-ce pas ? L'opium du peuple, quelle qu'en soit la provenance, l'URSS ou l'Islam… !

Karl Marx : « La misère religieuse est, d'une part, l'expression de la misère réelle, et, d'autre part, la protestation contre la misère réelle. »

Mais Karl Marx faisait également remarquer au bourgeois qu'il cherche encore à faire du bénéfice sur la corde qui le pendra.

Ne pas exclure, non plus, de la part de Chirac, ou, du moins, de la part de celui qui ambitionne si fort de lui succéder, j'ai nommé Sarkozy, un machiavélique calcul électoral (nota bene : je demande pardon au génial Machiavel de l'impliquer dans un truc aussi minable, c'est seulement pour aller vite).

Comme Mitterrand aura joué sans vergogne de l'épouvantail Le Pen, comme il aura faussé ainsi le jeu démocratique et durablement bloqué le débat national sur l'assimilation des Beurs, le processus de paix entre Français de souche et Français issus de l'immigration, la droite s'engage aujourd'hui dans un double jeu, une vicieuse partie à trois bandes, en jouant à la fois des peurs que suscite l'islamisme tout en favorisant son implantation dans la société, en dressant une partie de la communauté d'origine musulmane contre une autre, en manipulant son électorat habituel de Français moyens ; en trompant tout le monde, au bout du compte. Pourquoi ? Pardi, pour garder le pouvoir sans courir les risques de l'exercice du pouvoir. Quitte à rendre la situation plus explosive encore qu'elle n'est à présent... Mais, après nous le déluge !

Politique de gribouille. Car c'est jouer avec le feu. Et je prédis que le jour n'est plus si lointain où l'UOIF, sous son sigle ou un autre, à visage découvert ou affublée d'un faux nez, présentera des candidats aux élections municipales, puis cantonales, puis législatives, puis européennes, puis...

C'est jouer avec le feu et c'est prendre en otage, une nouvelle fois, la majorité de nos concitoyens Première Génération, Deuxième Génération, Troisième Génération, Quatrième... qui ne demandent qu'à s'intégrer. C'est en faire les pions d'un trictrac politicard. « Dégueulasse ! »

Arrêt sur image.
Je souhaite revenir un instant sur ce stupéfiant épisode du dernier rassemblement de l'UOIF, au

Bourget, le 25 avril 2003. Cette image, si parlante, qui figurait dans la plupart des quotidiens du lendemain ou du lundi suivant :

de jeunes bigotes voilées, frénétiques, acclament comme les fans d'une pop star leur idole « le premier flic de France » : Sarkozy – malgré son nom de patrol cop de série américaine, un vrai flic français, de l'envergure des Frey, des Papon et autres grands commis du maintien de l'ordre à la française qui, en leur temps, firent matraquer, torturer, noyer dans la Seine les pères des pères de ces pauvres aliénées.

Sarkozy, à la tribune, clame à la foule en délire qu'il est leur ami. Du pupitre pourtant transparent depuis lequel il ouvre ainsi son cœur à l'assistance, ne voit-il pas qu'elle est très strictement séparée en deux, cette assistance : bismillah ! les hommes d'un côté, les femmes, voilées, de l'autre ? Cela n'est pas vraisemblable. Et c'est donc qu'il ne juge pas indigne d'un ministre de la République française de cautionner par sa présence en un tel lieu, un tel défi à nos valeurs – ces fameuses valeurs républicaines dont il se gargarise par ailleurs.

Déshonneur ! dis-je.

Notre pandore vient de briser la jarre de Pandore : de laisser s'échapper les maux du communautarisme et de l'obscurantisme. Il accorde une légitimité à un mouvement qui publiquement annonce vouloir construire en France une « démocratie musulmane ». Ministre de l'Intérieur, se peut-il qu'il soit si sot, ou si mal informé qu'il ne sache ou ne puisse deviner ce que recouvrent ces deux mots accolés ? le sens que leur donne ce ramassis de fanatiques fascisants ? Dans un cas comme dans l'autre, idiotie ou incompétence, on serait en droit de lui crier : « Démission ! »

Reste une autre explication : sa connivence avec cette pègre barbue ou voilée. Avec l'idée qu'elle peut servir à ses desseins... Pas une franche complicité à proprement parler, mais une molle complaisance, péteuse, faux-cul. Une complaisance – comment dire ? « munichoise », voilà ! c'est dit.

Sarkozy agit ainsi dans l'espoir d'un donnant-donnant ? Il sera bien mal récompensé de sa forfaiture. Attendez la suite :

l'image suivante, l'instantané pris quelques minutes à peine après la standing ovation nous montre cette assistance en colère qui hue le héros du jour, qui le siffle. Qu'a-t-il donc bien pu dire pour déclencher l'ire de ses amis barbus et de ses amies voilées, l'ami Sarkozy ? Ceci : il leur a rappelé que les femmes devaient se dévoiler sur les photos de leurs cartes d'identité. L'inconscient a de ces ruses qui, c'est le cas de le dire, dévoilent la vérité, et c'est beau comme un lapsus. Criant lapsus ! Car, de fait, l'ami Sarkozy avoue là ne voir aucun inconvénient au port du voile sinon qu'il complique le travail du flic. Pour le reste, le zèle religieux lui semble une arme qui vaut tous les flash balls et, mieux, le plus rigoureux contrôle d'identité.

Mais l'ami Sarkozy n'a pas songé que les trois religions du Livre ont Dieu en commun, et Satan, et l'Enfer, qui partout, à Bagdad comme au Bourget, dans le Neuf Trois, est pavé de bonnes intentions. Voyez George W. Bush qui, avec l'intention d'éradiquer le terrorisme islamiste, provoque une guerre dont la conséquence immédiate sera un terrorisme accru, un fort ressac d'intolérance et d'obscurantisme islamique. La Prohibition aussi fut voulue au nom du Bien. Moyennant quoi, damned ! on eut Chicago. Le flic se fait fauteur de troubles, sa rivalité mimétique avec le voyou attise l'insécurité dans les rues : les balles perdues ne tuent que les braves gens… Attendons donc, en tremblant, la suite des événements en Irak. En tremblant parce que nous en connaissons le canevas : après le dictateur, les religieux fanatiques. Après Saddam Hussein, les fous d'Allah. Après le Shah, la république des mollahs. Après la terreur, une autre terreur, une autre servitude… Vieille histoire. Tragédie en trois actes qui s'est jouée jadis en terre chrétienne : I. Corruption et cruauté d'Alexandre VI Borgia, II. Charles VIII envahit l'Italie au prétexte d'y rétablir l'ordre, III. À Florence, victoire de Savonarole.

Et nous, ici, attendons donc, en tremblant, la suite aussi. En tremblant parce que nous l'entrevoyons pour peu que nous voulions ouvrir les yeux. Ces sifflets ne furent qu'un premier avertissement sans frais. Qui peut croire que les organisations islamiques de France se contenteront de quelques aménagements des lois de la République ? Qui peut croire que la dévote engeance n'exercera pas son pouvoir d'intimidation et de coercition sur les « frères » et surtout les « sœurs » qui ont choisi la liberté de conscience, sur ces courageux enfants d'immigrés maghrébins, de la deuxième ou troisième génération, qui ne revendiquent pas leur droit à la différence mais bien leur droit à l'indifférence ?

Déshonneur de Sarkozy. Ali : « Il faut une plus longue cuiller pour souper avec le Diable, Nicolas, petit bonhomme ! »

Notre ministre de l'Intérieur avouera-t-il dans quelques mois, comme il le fait aujourd'hui pour la Corse, qu'il a péché par « naïveté » ?

Il serait toujours sans excuse. Car le péril que représente la peste verte : la montée de ce que mon ami Rabah nomme « le fascisme du Croissant », est sans commune mesure avec la menace que fait peser sur la République une petite bande de malfrats qui se sont déguisés en militants indépendantistes afin de mieux couvrir leurs trafics. Il faudrait beaucoup plus qu'une rafle policière bien menée et quelques vérifications fiscales pour éradiquer ce mal-là : un milliard de musulmans sont, du moins en leur foi, les frères des islamistes. Le Coran est leur Livre, à eux aussi. Mahomet, leur Prophète. Allah, leur dieu. « La ilaha illa Allah ! »

Post-scriptum, le 6 novembre 2003 :
Et comme s'il n'était pas repu de veulerie, comme s'il n'avait pas sa satiété d'ignominies, voici que Nicolas, petit bonhomme, invoque comme argument pour ne pas légiférer sur l'interdiction du voile islamique à l'école et dans les administrations publiques que les autorités algériennes sont « hostiles à une loi sur le voile en France » !

C'est Alger qui imposerait son point de vue à Paris. Al-Djazaïr, Nicolas, petit bonhomme ! Il ne faut plus dire Alger, cela pue son colonialisme, Nicolas, petit bonhomme ! il faut dire Al-Djazaïr, désormais. Et appeler ton ami Abdelaziz Bouteflika – « "mon ami Abdelaziz Bouteflika" !

tu l'as dit tu l'as, salopard ! » — avant toute décision concernant l'avenir de la France !

On en est là ? On en est là.

« L'humeur, l'honneur, l'horreur. »

L'horreur. L'horreur de voir le communautarisme et ses fruits pourris : racisme et crétinisme religieux, gagner un peu plus chaque jour du terrain dans ce pays d'antique civilisation qui est le mien. Le repli de chacun sur sa différence, qu'elle soit réelle ou imaginaire, fantasmée, mimée, réinventée. Chacun de nous sommé, à tout instant, de choisir son camp.

L'horreur de ce communautarisme à l'américaine qui fait que chacun se voit condamné à son identité, au plus petit commun dénominateur de son identité : Tu es gay, rejoins le cortège de la Gay Pride ! Tu es juif, tu n'as pas le droit de déplorer l'implantation des colonies dans les Territoires occupés ! Tu es beure, mets un foulard, salope ! ne serait-ce que pour te faire respecter par les grands frères de ta cité, et couper à leurs tournantes.

Zoraïa d'Aubervilliers : « Je vois venir le jour où je ne pourrai plus sortir de chez moi tête nue. »

Apprendre de la bouche de ma chère Samira que des jeunes filles, emmerdées par les machos petites frappes de leur quartier, s'entendent répondre quand elles se plaignent, y compris au commissariat par le keuf de service, qu'elles n'ont qu'à se voiler : on ne les emmerdera plus !

Savoir que des machos petites frappes, à Vitry, se sont opposés à ce qu'une plaque commémorative honore dans leur commune la mémoire de Sofiane, martyre de la misogynie musulmane (c'est dit !), brûlée vive par un de leurs potes !

L'horreur de cette barbarie qui s'en vient... La fragmentation de la société en communautés, en tribus, en bandes, en hordes, en sectes. L'ethnicisation des quartiers : new shtetls, ghettos gay, chinatowns... Sous prétexte que « C'est mon choix ! », au nom de l'individualisme, l'esprit le plus grégaire, le chauvinisme identitaire. L'affirmation obsessionnelle des particularités, l'expansion de l'enseignement confessionnel, l'emprise grandissante des cultes et du moralisme politiquement correct sur notre vie quotidienne, mais aussi les antennes paraboliques déversant en continu sur les cités la haineuse propagande émise depuis le Moyen-Orient ou depuis Londres : les délirantes diatribes des téléimams et télémollahs contre ces chiens d'infidèles roumis et leurs perfides amis juifs, les imprécations, les fatwas...

Avec cela, la médiatisation à outrance des faits divers. Avec cela, une police de cow boys et une justice de justiciers. Un massif ressentiment de masse : à chacun sa part du marché de la victimisation et de la vengeance... La France idéale de Sarkozy, c'est la réalité *as seen on tv !*... Ce que nous montrent les séries policières américaines. Déjà dans les bus parisiens, la nuit, on voit des vigiles en tenues d'intervention marquées dans le dos : *SECURISATION*. Sommes-nous dans le Bronx ? ou à Bagdad ?

Nausée, aussi. Nausée quand je lis les journaux. Oui, le débat d'idées dans une société ouverte, comme on dit, veut qu'on se garde de censurer, y compris une parole qui nous révulse. Tout peut s'écrire, tout peut s'imprimer, soit ! Cependant, on s'expose à lire parfois des monstruosités qu'on n'imaginait pas publiables dans un quotidien du soir réputé pour son sérieux. C'est ainsi que dans son édition du 10 septembre 2002, *Le Monde* publie une tribune signée Hani Ramadan qui soulève l'épouvante. Ce Hani Ramadan, frère de Tariq Ramadan et jamais par lui désavoué, justifie sur cinq colonnes la lapidation, l'amputation punitive et autres atroces supplices prescrits par la charia. Il ajoute – je l'ai noté plus haut –, qu'il loue Dieu de punir du sida l'impiété.

S'agit-il, de la part du journal, d'éclairer ses lecteurs sur la teneur putride de l'idéologie islamique – oh ! pardon, islamiste : il faut dire islamiste, j'oubliais ! – ?

Sans doute. Louable initiative. Cependant, s'il est permis de… Bon. Je me lance… Voici : Que le rédacteur en chef le veuille ou non, et je jure que je ne lui ferai pas l'injure de penser qu'il l'a voulu… Toujours est-il. Le support, quoiqu'il ne l'ait pas voulu, confère un je-ne-sais-quoi de son prestige aux déjections verbales d'un grand délirant fou d'intolérance. D'où, le malaise. À mon humble avis, s'entend.

Que je sache, mais il se peut que je me trompe, la prose de Le Pen n'a jamais paru dans les pages Horizons du *Monde*. Les grands quotidiens de ce pays, et c'est tout à leur honneur, refusent unanimement de publier les faurissonneries, les vomissures des néonazis et les contributions au débat que leur adressent régulièrement l'Église de scientologie ou la Section française du Ku Klux Klan…

Question : si le responsable des pages Horizons recevait un texte équivalent à celui de Hani Ramadan mais écrit par un théologien intégriste catholique qui justifierait les crimes de l'Inquisition, les tortures, les flagellations, les écartèlements, les bûchers et, pour conclure, remercierait Dieu de ce qu'il punit les homosexuels en les frappant du sida –, le responsable des pages Horizons n'aurait-il pas jeté au panier une pareille infamie ?

Aucun doute.

Deux poids deux mesures, donc, selon que l'auteur est chrétien, ou du moins se prétend tel, ou musulman ? Pourquoi ? Parce qu'il y a un milliard de musulmans – je ne dis pas d'islamistes, je dis de musulmans –, un milliard de par le monde, et seulement quelques milliers de nostalgiques des fastes sanglants de l'Église apostolique et romaine ?

Sans aucun doute.

Ah ! c'est donc qu'il y a tout de même quelque chose de commun à l'islam et à l'islamisme ? Tiens donc !

Disons que je n'ai rien dit.

■

Et puis, quoi ! j'en ai ras le..., aussi, de voir publier à longueur de pages, dans les pages Débats, ou Tribune libre, des quotidiens et des hebdos, les prétentieuses inepties de ces dames voilées, « intellectuelles musulmanes » (c'est elles qui le disent) : universitaires voilées, sociologues voilées, psychologues voilées, anthropologues voilées... L'inénarrable Dounia Bouzar, « anthropologue et personnalité qualifiée au Conseil de

France du culte musulman » (c'est elle qui le dit), qui écrit ceci : « L'Islam a aidé de nombreux jeunes à se sentir français. » Et ceci : « La première préoccupation des musulmanes est de distinguer le message coranique des traditions ancestrales. » (« La première préoccupation... » Prière de ne pas rire !) Et encore : « Le voile donne aux jeunes filles une liberté de mouvement... Il les protège des tentatives de séduction... » Ces citations à titre d'échantillons, mais je pourrais en noircir des pages... Ces précieuses ridicules voilées ont la plume facile.

Plus un débat sur le sujet sans que l'intellectuelle musulmane de service n'invoque « la pudeur naturelle des femmes arabes ». Eh ouais ! Allah ne cesse d'enjoindre aux hommes de surveiller sans répit leurs femmes, de ne pas se fier à leur vertu trop facilement faillible, mais la femme arabe, ou musulmane, ou fille d'immigrés – la confusion sémantique est sans cesse sciemment entretenue par ces prétendues expertes –, la femme arabe est naturellement pudique. On se demande bien pourquoi, en ce cas, les hommes sont priés de tant s'en préoccuper ! La femme arabe est naturellement pudique, et la femme européenne chrétienne, ou, pire, non baptisée, une pute, sans doute ! L'Anglaise est froide, et l'Andalouse, lascive. Le Juif est avare, le Jaune sournois, le Noir nonchalant. Et le Corse a le sens de l'honneur – Charles Pasqua, un ancien ministre de l'Intérieur qui adouba l'actuel, nous l'a souvent rappelé. On naturalise un fait culturel, d'ailleurs parfaitement fantasmatique et fictif, pour nous faire avaler une imbuvable potion idéologique. On change le sens des mots : *ouverture d'esprit* signifie *endoctrinement, soumission* s'écrit *émancipation*. On nous gave d'exégèse coranique : tel verset de telle sourate justifie ceci ou cela, doit s'interpréter comme ci ou comme ça...

Putain ! Est-ce que ces pédantes et ces cuistres vont encore longtemps nous faire iech avec leurs enculages de mouches islamiques ?

Oh, pardon ! Je voulais dire : n'êtes-vous pas légèrement impatienté devant cet étalage herméneutique qui sent un tantinet sa sophistique ?

Et surtout, à ces débats publics qui sont tout sauf des échanges d'idées, n'en avez-vous pas un peu assez de voir les participants non musulmans se confondre en déférence dès lors que c'est un musulman qui donne son avis de fqih ? n'en avez-vous pas assez de les voir fondre, béats, quand, mieux encore, c'est une musulmane bas-bleu qui enfile les perles ?

« Coranique ta mère ! », lance l'ami Ali avant de zapper. « *Je veux le feuilleton à la place : oh oh ! "Vertiges de l'amour"...* »

Si un philosophe chrétien, ou un rationaliste, tenait un discours aussi oiseux, il ne susciterait que d'ironiques haussements de sourcils entre deux bâillements...

Qu'on ne se méprenne pas sur mes propos : je suis avide de savoir ; les modes de pensée islamiques, la spiritualité musulmane, l'herméneutique coranique m'intéressent grandement. Louis Massignon me passionne. Les commentaires du « latîf » (je ne saurais trouver un terme plus juste pour dire sa subtilité) Jacques Berque m'éblouissent. Sa lecture du Coran peut nourrir ma réflexion sur ma propre culture, mes lectures de Spinoza ou de Nietzsche. Elle illumine mon approche de Dante ou, pourquoi pas ? de Rilke, de Yeats, d'Ungaretti...

Mais, cette gnose gloseuse gonflante qu'on veut nous faire gober ! mais ces « balivernes mahométanes » (Voltaire) qui sont à la pensée islamique, à la spiritualité musulmane et à l'herméneutique coranique ce que sont les chansons de sœur Sourire au *Château intérieur* de Thérèse d'Avila, le catéchisme de l'abbé Bournisien aux *Exercices spirituels* d'Ignace de Loyola, ou, à la *Somme théologique* de Thomas d'Aquin, le numéro de Mgr Gaillot chez Laurent Ruquier – *Rien à cirer !*...

> Voyez, voyez la machin' tourner,
> Voyez, voyez la cervell' sauter...

Combien de temps encore allons-nous subir ce décervelage sans éclater d'un grand rire salvateur ?

Assez ! Assez de cette régression intellectuelle et morale telle que notre pays n'en avait pas connu depuis – depuis quand ? depuis l'Occupation ? Venant après des années de lepénisation des esprits, l'islamisation des esprits, ça suffit !

■

« L'humeur, l'honneur, l'horreur. »

Sinon l'horreur, l'angoisse. L'angoisse que ressentent mes amis Assia, Fati, Abdellatif, Ahmed, Aziz, Mourad, Moustafa. Ces longues discussions que nous avons régulièrement, et où j'entends percer maintenant chez eux un sensible désespoir. À quoi bon, se disent-ils, à quoi bon avoir fait tant d'efforts pour nous intégrer si aujourd'hui Sarkozy, par pure démagogie, dit d'un Fouad Alaoui qu'il est son ami, ou si le ministre avoue consulter son ami Abdelaziz Bouteflika sur le bien-fondé ou non d'une loi en France ? À quoi bon, si Ardisson change en stars, comme d'un coup de baguette magique, Alma et Lila, deux chipies dont une voulait se faire piercer et à qui maman a dit non, deux chipies qui, pour faire iech papa et maman, se sont converties à l'islam et voilées à l'islamiste ? à quoi bon, si le cynique animateur en profite pour recevoir avec les honneurs dus à un prophète l'antisémite et fascisant Tariq Ramadan ? à quoi bon si, au passage, durant l'émission, on lynche en paroles les professeurs et le proviseur du lycée coupables de n'avoir pas cédé au chantage de ces deux capricieuses chipies ? à quoi bon, si le fat Luc Ferry, ministre de l'Éducation nationale, ne proteste pas, ne se déclare pas solidaire des fonctionnaires dans l'épreuve, mais baisse le pouce au contraire, et les jette aux lions de l'audimat ? À quoi bon si le matois et mafflu Raffarin, premier ministre, conclut simplement : « Pas d'islamophobie ! » ?

Le Pen, Tariq Ramadan, même combat. Mais ce que Le Pen n'a pas réussi à faire : enfermer les Beurs dans un ghetto, les désigner à la population de souche comme radicalement différents et inassimilables, Tariq Ramadan, avec la complicité des cyniques qui nous gouvernent, avec l'appui logistique de la télé poubelle, peut y parvenir si nous ne nous montrons pas plus vigilants.

Dire l'inquiétude de mes amis. Dire l'inquiétude de nombreux lecteurs de Paul Smaïl, qui écrivent pour lui faire part de leurs alarmes, rapporter des incidents significatifs de la montée de ce totalitarisme islamiste (va pour islamiste !), crier leur écœurement devant notre passivité.

« Un encerclement », lui écrit Loucif des Lilas. « La peste ! », Zoraïa d'Aubervilliers.

Et Ali et Aziz qui se veulent mécréants et, comme leur auteur préféré, « *insaisissables, indéfinissables, passagers clandestins de la vie, pas vus pas pris* » : « Putain ! qu'allons-nous devenir ? »

III

Je ne m'étendrai pas ici, ce n'est pas le lieu, sur l'aventure ô combien romanesque qui m'a mené un beau jour à signer un roman du nom de Paul Smaïl : *Vivre me tue*. Ni comment je me suis pris au jeu, comment ont suivi trois autres livres publiés sous ce nom de Paul Smaïl : *Casa, la casa, La Passion selon moi, Ali le magnifique*.

Quelle raison à cela ? Aucune. Mon bon plaisir. J'écrivais en incipit de mon roman *Le Roman* : « N'ayons pas peur du romanesque. »

La règle du jeu ? Jongler avec son identité, se rendre insaisissable, danser à demi masqué : le droit au loup. Et double vie, triple vie, infinité de vies pour tromper la mort programmée par le pouvoir et l'économie de marché. Une résistance don quichottesque : enfoncer le coin de l'imaginaire dans une réalité saturée d'informations et d'images, unie, plane, et qui fait écran. La fiction pour seule arme contre la falsification universelle, le romanesque sus aux moulins à vent de l'industrie culturelle. C'est un jeu joyeux, grisant, viril, riche en périls : fugaces figures de style, piques, esquives, brèves envolées... Envol de serge écarlate sous le mufle du monstre leurré – la muflerie du monde –, olé !

Démarche don quichottesque, donc... Faut-il rappeler que de l'aveu même de Cervantès, *Don Quichotte* n'est pas de lui, mais l'œuvre d'un écrivain arabe : Cid Hamet Ben Engeli ? Démarche qui m'a valu la haine de toute une petite pègre de gens de lettres. Mais comme il arrive que le vice rende hommage à la vertu, je veux y voir l'hommage de corrompus aigris rendu à un écrivain qui n'a jamais vécu que de sa seule plume d'écrivain et a toujours écrit très exactement ce qui lui chantait, ni plus ni moins. Pas de négritude, jamais. Ni de servitude dans la presse.

Assez parlé d'eux. Cette aventure don quichottesque est la plus belle aventure qui me soit advenue dans la vie, qu'il me soit donné de vivre encore aujourd'hui. Car elle m'a valu, elle me vaut toujours l'amitié de centaines de lecteurs qui se sont reconnus dans le personnage de Paul Smaïl, qui partagent et sa rage et ses idées.

Aucun, je dis bien : aucun, découvrant la vérité, ne m'a reproché ma supercherie. Nombreux, les correspondants de Paul Smaïl qui, tout naturellement, sont passés de « Cher Paul », à

« Cher Jack-Alain ». Ainsi, Moustafa, dont la sublime amitié illumine aujourd'hui ma vie.

J'ai dit plus haut que je n'écris pas en leur nom, que je n'aurais pas cette impudence, mais en songeant à eux.
Ce sont eux qui m'ont appris à réfléchir sur la question de l'islam en France, eux qui m'ont appris à déchiffrer la novlangue islamiste. Et à dénoncer comme ils le font cet insouciant racisme qui consiste, y compris chez des penseurs rigoureusement non suspects de racisme, à qualifier de musulman tout enfant né de parents musulmans.
Yared : « Mais non ! merde, à la fin ! je ne suis pas musulman, ne me comptez plus parmi les musulmans ! un jeune baptisé catholique ou protestant qui ne pratique plus et ne croit plus, vous ne dites pas, en parlant de lui : un catholique, un protestant… Ce sont les islamistes qui tiennent l'apostasie pour un crime. Et racialisent la religion ainsi. Musulman un jour, musulman toujours ! Fils de musulmans non pratiquants, incroyant, et pourtant, aux yeux des politiciens, des journalistes, des sociologues, des philosophes – aux yeux d'un Taguieff, par exemple, ou aux yeux d'un Vincent Geisser, qui est pourtant l'adversaire de Taguieff ! – toujours musulman ? Appartenant toujours à la communauté musulmane ? Ce sont eux qui, au diapason des isla-

mistes, font des musulmans une race. De l'islam, un gène. »

Plusieurs m'ont alerté sur cette perversion intellectuelle. Il est trop facile, en effet, de dénoncer ensuite à tout va l'« islamophobie », quand par paresse intellectuelle, on est les premiers à adopter le point de vue raciste des barbus et des voilées.

Ce Vincent Geisser (« On a toujours un peu honte de citer un nom qui dans cinquante ans ne dira plus rien à personne », notait Baudelaire), ce Vincent Geisser, chercheur au CNRS, auteur de *La Nouvelle Islamophobie*, publié aux éditions de La Découverte, ce Vincent Geisser (« Retenez bien ce nom, vous n'en entendrez plus jamais parler », comme disait Cocteau), ce Vincent Geisser en vient, dans son délire dévot, à traiter Ernest Renan d'« islamophobe », il en vient à dénoncer le « racisme républicain à la Renan » ! On peut vérifier : page 113, je n'hallucine pas. Un chercheur au CNRS, très écouté des médias, peut en venir à écrire ça sans que nul n'éclate de rire ni ne crie au fou ! Ernest Renan (1823-1892), islamophobe et raciste républicain ! Me voici en bonne compagnie.

On en est là ?

On en est là, oui, d'une cabale des dévots dont on ne trouve pas d'autre exemple dans notre histoire depuis la mort de Molière.

Et plusieurs des lecteurs de Paul Smaïl m'ont alerté sur la conquista des banlieues rouges et des cités ouvrières par ces barbus et ces voilées qui leur font horreur.

Des noms ? Tiens ! Au hasard :

Abdelaziz d'Ivry, Ahmed de Colombes, Ali de Stains, Assia des Lilas, Aziz de La Chapelle, Boualem de Vitry, Fadela de La Courneuve, Magyd du Mirail, Moh des Minguettes, Moustafa de Montigny, Rabah de L'Estanque, Rachid du Val-Fourré, Zoraïa d'Aubervilliers – je me plais à anoblir ainsi leurs noms, en leur donnant une tournure « Vieille France ».

C'est à eux que je dédie ces pages.

Et j'emmerde les donneurs de leçons.

« Vous n'avez pas honte ? »

Non.

Voici la tribune libre que j'adressai au *Monde*, pour publication éventuelle dans ses pages Horizons-Débats, quelques jours avant le second anniversaire du 11 septembre 2001, et qui n'a pas été retenue. (Tant pis pour moi, ou tant pis pour lui, le lecteur malveillant, s'il en est, pensera que c'est le dépit qui m'a inspiré ce que j'ai écrit un peu plus haut quant à la livraison de Hani Ramadan, publiée la veille du 11 septembre 2002.)

LE CHOC DES INCULTURES

11 septembre 2001/11 septembre 2003

Tout va très bien, madame la Marquise. Ce n'est pas, ce ne sera pas un choc des civilisations... Souvenez-vous. Au soir du 11 septembre 2001, passé le premier instant de sidération provoquée par l'inimaginable, les maîtres à penser l'événement, s'étant ressaisis, posaient la vraie question, la seule : s'agissait-il d'un choc des civilisations ? de l'affrontement fatal Islam-Occident ?

11 septembre 2003. Nous voici rassurés. Un bruit court les marbres, les ondes, les plateaux, ces jours-ci : ce n'est pas, ce ne sera pas un choc des civilisations, le pire a été évité. À qui devons-nous ce miracle ? À la France, à la France éternelle qui a su résister aux martiales sirènes américaines (*anch'io*, je peux écrire en style Dominique de Villepin), et surtout, je viens de le nommer, à Dominique de Villepin, lequel a désormais sa place entre Chateaubriand, Paul Claudel, Paul Morand et Saint-John Perse dans la galerie des poètes-écrivains-diplomates qui fait la fierté de notre beau pays.

Évidemment, quant à notre civilisation, il ne faudra pas se montrer trop regardant. Notre ministre des Affaires étrangères, auteur de trois gros ouvrages écrits en trois ans (ses fonctions lui laissent beaucoup de loisir), publie chez Gallimard, qui est l'éditeur de ses glorieux devanciers, un *Éloge des voleurs de feu* (le titre, déjà !), monument de niaiserie grandiloquente stuqué de platitudes et de poncifs comme en écrivent, si on peut appeler cela écrire, ces cuistres autodidactes qui ne trouvaient naguère à s'éditer qu'à compte d'auteur. Il y a seulement une quinzaine d'années, le livre serait paru à La Pensée Universelle. On mesure à ce genre de petits faits vrais que le choc des civilisations, dont Dominique de Villepin nous a, Dieu merci ! épargné l'horreur, eût été aussi inégal que le combat entre un chétif bichon blanc et un mastiff d'Arabie enragé.

Mais, bismillah ! quelques penseurs et notre ministre de l'Intérieur ont trouvé, ces derniers temps, une autre raison d'espérer sauver notre civilisation en esquivant le choc des —. Comment ? Il suffisait d'y penser : en laissant l'islam prospérer dans notre pays, en lui offrant une légitimité institutionnelle, en donnant, y compris à ses variantes les plus intolérantes, les plus régressives et répressives, la parole, des locaux municipaux, et le droit d'ouvrir des écoles ; en lui abandonnant des quartiers entiers. Ces quartiers dits sensibles, ou encore de « non-droit », qui, petit à petit, deviennent quartiers de droit coutumier islamique sinon de charia... Mais puisque dans leur inépuisable frivolité, ces penseurs, tout comme les conseillers de Sarkozy, en sont venus à concevoir cet oxymore : « un islam laïque » — l'obscure clarté, ou, pour mieux dire : d'obscurantistes lumières ! Peuvent-ils seulement imaginer la colère de ceux qui en Algérie, ou en Égypte, tentent encore, souvent au péril de leur vie, de défendre le droit à l'incroyance ? Peuvent-ils imaginer le mépris que leur vouent mes amis marocains, lesquels ont à cœur, chaque fois qu'ils entendent prononcer par un Occidental le mot d'islamisme, de rectifier d'un « slam » qui sonne comme une gifle ? Nul besoin de condamner l'islamisme dès lors qu'on a ouvert les yeux sur la réalité de l'islam : l'islamisme n'est que l'excès, l'exaspération d'un islam dont la critique radicale était faite dès le VIe siècle de l'hégire (le XIIe de notre ère) par Ibn Ruchd (Averroès) et d'autres, à l'époque où justement l'islam était la plus énergique des civilisations, la plus brillante, un Oui ! avant qu'elle ne s'enlise irréversiblement dans un mortel immobilisme, une négativité mortifère.

Que dit Ibn Ruchd, à qui nous devons de pouvoir lire encore Aristote ? Il existe deux sortes de vérités : les vérités vérifiables et les vérités révélées. Il est absurde de vouloir forcer d'adhérer à des dogmes invérifiables celui qui n'y croit pas dans son cœur (*Tahâfut at tahâfut*). La foi est affaire privée.

Et l'islam d'aujourd'hui, attentatoire à la dignité humaine, inconciliable avec notre idée de la civilisation. Seuls des cyniques ou des « idiots utiles » peuvent penser qu'en facilitant l'islamisation dans les pays occidentaux on dresse un rempart contre l'islamisme. En d'autres temps, auraient-ils jugé que pour en finir avec Pol Pot, par exemple, la terre entière devait se convertir à un communisme plus mou, brejnévien ? Ma comparaison vaut ce qu'elle vaut, mais je demande qu'on y réfléchisse. Et qu'on écoute la révolte de tous ces jeunes Français nés de parents musulmans mais épris de liberté et qui subissent depuis le 11 septembre 2001 une oppression accrue ; qu'on écoute leurs témoignages de la pression qu'ils endurent dans certains quartiers où professent des imams traditionalistes et leurs jeunes recrues aux manières de nervis : harcèlements, intimidations, violences tirées du répertoire fasciste traditionnel, en effet ; qu'on écoute ce que rapportent les filles *Ni putes ni soumises*... La réalité du machisme musulman.

On pouvait au moins espérer que l'effroi qui nous a saisis après l'attentat des Twin Towers serait salutaire, qu'un grand coup de balai dans les milieux d'obédience wahhabite, Frères musulmans et autres salafistes, s'ensuivrait, qu'on interdirait à l'Arabie Saoudite de déverser sur Barbès et le 93 ses imprimés putrides. Rien du tout ! Jamais comme depuis le 11 septembre 2001 on n'aura pu se procurer aussi aisément, à Paris même, l'immonde littérature fondamentaliste, fondamentalement haineuse envers l'Occident. Jamais la propagande des barbus, judéophobe et misogyne, ne s'était diffusée aussi ostensiblement. Serait-il trop risqué pour la police d'aller saisir ces écrits criminels au déballé de La Chapelle ? Le XVIIIe arrondissement serait-il devenu à son tour une zone de « non-droit » ? On laisse faire ?

Je l'ai dit en avril, lorsque le ministre de l'Intérieur cautionnait le sinistre rassemblement de l'Union des organisations islamiques au Bourget, je le redis aujourd'hui : j'accuse Nicolas Sarkozy de complicité avec le « fascisme du Croissant » et de non-assistance à jeunes rebeux en danger.

On trouve de courageux reporters pour se rendre en Irak, ou au Pakistan, enquêter sur les progrès du fanatisme religieux depuis le 11 septembre 2001. Il semble plus difficile d'en trouver qui se contenteraient de prendre le RER pour aller voir comment cette peste gagne nos banlieues. Ou, un peu plus aventureux, le TGV pour se rendre compte des progrès de l'intolérance dans ce Nord minier qui fut un bastion socialiste. Ils y noteraient des détails ahurissants dont on me fait part : dans certaines cantines des écoles communales et des centres aérés, il y a désormais tables séparées pour petits musulmans et petits roumis (je trouve absolument normal que la cantine propose aux enfants qui le souhaitent un menu sans porc, mais est-il admissible que des gamins de cinq, six ans, soient ainsi initiés à la ségrégation, au racisme ?). Ici et là, des salles polyvalentes municipales sont accaparées par les barbus et interdites aux « infidèles », qu'ils soient enfants d'immigrés ou « de souche ». Dans certaines cités autour d'Arras, de Lens, de Lille, des jeunes qui ne demandaient qu'à s'affranchir des traditions et revendiquaient leur « droit à l'indifférence », vivent désormais la peur au ventre. Des jeunes filles en viennent à beaucoup plus craindre leurs frères ou leurs cousins que les keufs ! Mais des keufs bien intentionnés leur conseillent de se voiler si elles ne veulent pas avoir d'histoires ! Et quand Farid se fait malmener par de dévots voyous qui l'ont surpris à manger un sandwich à midi pendant le ramadan, quand Farid a le courage d'aller porter plainte au commissariat (or, il en faut quand on se prénomme Farid), que s'entend-il répondre par le keuf de service ? « Pourquoi tu fais pas ramadan ? C'est ta religion, non ? » À quand, les contraventions pour défaut de port du voile ou non-respect du ramadan ? Faute d'assurer l'ordre républicain, on s'en remet aux religieux et à leurs hommes de main… On laisse faire ? On laisse faire. Mieux : voici que des maires décrètent des heures réservées aux femmes dans les piscines municipales.

Voici qu'on autorise des écoles coraniques (et qu'on ne me dise pas : il existe bien des écoles Loubavitch agréées ! je juge cela tout aussi scandaleux)... On n'en finirait plus de dénombrer ces signes d'un net recul de notre civilisation – du peu qu'il en restait.

Et toute l'Europe est atteinte à présent. Ainsi en Andalousie, à Grenade, où l'Arabie Saoudite finance une sorte de contre-Reconquista du quartier de l'Albayzin. Ou à Cordoue, où l'abject Roger Garaudy dispense, dans le cadre d'une fondation sur fonds publics, son enseignement de la haine de l'Occident.

Le choc des civilisations ? Le choc des incultures serait un terme plus juste. Deux ans après la catastrophe, le big bang du Nine Eleven est hypertendance, coco ! et le clip-book tout en split-screen d'un ex-créatif de la pub, ex-animateur de la trash-tv, ex-compagnon de déroute du PC, constitue l'événement littéraire de la rentrée. Mais à part ça, madame la Marquise, tout va très bien, tout va très bien !

■

Un spectre hante la France, et ce spectre, puisqu'il faut l'appeler par son nom, n'est autre que l'Islam, ai-je écrit à la première ligne de ce livre, parodiant l'incipit d'un célèbre manifeste de Karl Marx.

On me jugera léger (ha ha !). Un peu de légèreté me semble salutaire, en vérité : un antidote au poison de l'esprit de sérieux qui, en tout temps et tout lieu, a toujours fait cortège à l'intolérance et servi le totalitarisme – qu'il soit religieux ou politique, bonnet blanc et blanc bonnet. Total respect pour le totalitarisme islamique ! c'est ce que voudraient nous imposer les totalitaires. Défense d'en rire, d'ironiser. Silence dans les rangs ! Politologues et sociologues des ondes et des plateaux, philosophes pour quotidiens et news, le clergé médiatique veille.

Les clercs qui jouent les gregari du clergé musulman et du peloton des militants islamicistes qui l'entoure, leurs porte-bidons (« bidons de chez bidons, oui ! »), leurs porte-cotons, leurs porte-plumes, leurs porte-voix, ces compagnons de route en sont venus, en quelque sorte, à poser pour préalable à la critique de l'islam qu'on se convertisse à l'islam ou, du moins, qu'on abdique d'abord son esprit critique, son rationalisme, son libertinage intellectuel – bref, sa légèreté. Prosternez-vous ! et bientôt vous croirez.

« Non, merci. Je suis très bien debout. »

Léger, je suis ? Soit. Désireux d'introduire un peu de jeu dans le débat de société. De jeu aux deux sens du mot : activité ludique et espace ménagé pour le mouvement aisé d'une mécanique.

C'est de l'impressionnisme ? Va pour l'impressionnisme !

Je vois ce que mes yeux voient, j'entends ce que mes oreilles entendent. Je peux lire dans le journal des statistiques fabriquées on ne sait comment, commentées on sait trop comment, et prouvant qu'il y aurait aujourd'hui en France moins de jeunes filles voilées qu'il y a deux ans, qu'il y a cinq ans, qu'il y a dix ans… Mais j'ouvre les yeux et j'en vois toujours plus dans ma rue ou dans le bus. Et devant le collège de mon quartier, au moment du ramadan, je les vois chaque année plus nombreux ces collégiens qui, à midi, s'assoient sur un banc, le ventre vide, et attendent, l'air vaguement hébété, que l'heure du déjeuner soit passée. Et j'écoute ce que me disent mes amis rebeux que je sais ni menteurs ni fous… Mais inquiets non sans motif.

On me juge un peu trop vigoureux dans ma peinture impressionniste ? Pas assez rigoureux ? Vigoureux, rigoureux : à une lettre près… Je vois ce que je vois, j'entends ce que j'entends, je sais ce que je sais. Persiste et signe.

Et j'appelle donc islam une religion, une spiritualité et une civilisation dont l'apogée se situe entre le IVe et le VIIIe siècle de l'hégire, le Xe et le XIVe siècle de l'ère chrétienne. Civilisation dont l'apport intellectuel, scientifique, artistique, littéraire, est essentiel à l'humanité, compose pour une bonne part son trésor... Ne serait-ce que l'invention du zéro, ne serait-ce que de nous avoir transmis le matérialisme et le rationalisme aristotéliciens. Civilisation qui illumina notre destin. L'art dit islamique porte à jamais témoignage de cet éclat, et Allah est, parmi les dieux de l'humanité, un des plus glorieux. (Mais je suis de ces mauvais esprits qui pensent que Dieu, le dieu des chrétiens, est pour ce qui est de sa gloire, plus redevable à Dante, Bach, Mozart, Giotto ou Michel-Ange qu'ils ne le sont à Lui de leur génie... Je suis un incorrigible humaniste.)

Et puis, Allah est mort. L'islam s'est crispé, s'est assoupi, s'est ossifié. L'islam a commencé à entrer en décadence... S'il faut absolument dater : après la bataille de Lépante (1571), où Cervantès perdit la main gauche – pas la main qui tenait la plume, Dieu soit loué. L'islam, alors, a commencé à se décomposer. Processus irréversible ? Je le crois. Le cadavre bouge encore ? Il pue, surtout.

A subsisté au désastre, pendant plus de trois siècles, un islam somnolent, superstition et piétisme à la fois, plate morale, notariale, littéralisme stérile, calcul infinitésimal du bien et du mal, art nul car ne se renouvelant plus, spiritualité tendant vers le zéro... Lallation, allitération infiniment réitérée : « La ilaha illa Allah ! » Il n'est de dieu que Dieu. Alibi à l'indolence du peuple et à la brutalité des chefs de guerre. « La sagesse bâtarde du Coran », résumera en une fulgurante formule Rimbaud. Ce qu'aujourd'hui le clergé médiatique, ce que les dévots journalistes ou politiciens nomment « l'islam des familles ». La foi du charbonnier musulman : la foi paisible dont a horreur Tariq Ramadan. Celle que rejettent avec mépris les fouadeux et bouzareux nouveaux amis de Nicolas Sarkozy, « personnalités qualifiées au Conseil de France du culte musulman », pour qui il s'agit d'abord « de distinguer le message coranique des traditions ancestrales. »

Des Européens, au XIXe, crurent trouver dans l'islam un remède au spleen occidental, à l'ennui moderne : les machines à vapeur, le confort, le parlementarisme, la presse, devoir plaire aux femmes... Ce monothéisme, si viril d'aspect, coucher à la dure sous un croissant de lune, l'appel rauque du muezzin, les ablutions rituelles : voici avec quoi on se purifierait des miasmes du Nord qui alors s'industrialisait à marche forcée ; voici avec quoi on se laverait de la vicieuse civilisation des plaisirs, de la vie aimable des salons... En finir avec le libertinage moral, sexuel, intellectuel, en finir avec la douceur de vivre d'avant la Révolution ! Se retrouver entre hommes, enfin ! Le frisson ! Une homosexualité masculine plus ou moins refoulée eut souvent sa part dans la fascination pour l'islam. Et il se peut que ce soit là toujours le moteur secret, inavouable – « haram » – de ce zèle pour l'islam qui anime tant d'intellectuels occidentaux... Le motif de ce fantasme : le regain, le renouveau de l'islam. Ou plus chimérique encore : le renouveau par l'islam.

Car c'est un fantasme, rien d'autre ! Le fantasme de Bonaparte, le fantasme de Lawrence d'Arabie... Glorieux fantasme, alors. Aujourd'hui, sale petit fantasme de petit-bourgeois. Produit de la haine de soi.

Le Sud s'arriérait, l'islam virait au nihilisme de masse. Mortel nihilisme, mortifère. Nihilisme dont l'islam n'est jamais revenu. Nihilisme dans quoi il s'enlise comme en des sables mouvants... Ce n'est pas parce qu'un milliard d'hommes croient en Allah que leur foi serait vivante pour autant, serait un élan, le moyen d'une libération matérielle ou spirituelle. Les nihilismes de masse, les nihilismes partagés par des millions d'hommes font toute l'histoire tragique du XXᵉ siècle. Ils en sont la tragédie.

Les fascismes, le communisme, le nazisme, ces nihilismes de masse, occupaient alors le devant de la scène. Années 20, 30, 40, 50, 60, 70, 80... Nous ne voyions pas, dans l'ombre, un autre totalitarisme, d'essence moins politique que cultuelle et culturelle, que civilisationnelle (encore que cette civilisation soit en l'occurrence une décivilisation), nous ne voyions pas le totalitarisme islamique faire son chemin à l'ombre de nos barbaries européennes. Les effondrements successifs des fascismes, du nazisme, du communisme mettent aujourd'hui en pleine lumière cet aboutissement d'un long processus de pourrissement, ce nihilisme de masse : l'islam actuel. Mais le terrain était depuis longtemps ameubli pour qu'y pousse ce totalitarisme-là.

Chahdortt Djavann :

> Par une étrange perversion du langage, celle qui permet d'identifier la religion à la culture et inversement, nous nous habituons à considérer que des populations entières, des littératures et des philosophies sont tout uniment « musulmanes ». Au principe est le mot « islam ». Et puis on décrète l'art islamique, la miniature islamique, l'architecture islamique, la poésie islamique. La terre de l'islam. On a même imputé aux roses d'Ispahan l'odeur de l'islam. Il n'y a plus ensuite qu'à en décliner les différentes modalités : l'islam fondamentaliste, l'islam intégriste, l'islam modéré et, dernier-né, l'islam laïque. Sommes-nous dans un siècle de délire ?

George Orwell nous l'a appris, et Victor Klemperer aussi, l'auteur génial de *Lingua Tertii Imperii, sur la langue du III*^{e} *Reich* : tout commence par un abus de langage. Ainsi, dans les pays de l'Est où tout était « populaire » : la Démocratie était « populaire », l'Armée était « populaire », l'Équipe nationale de hockey sur glace était « populaire », l'Orchestre national était « populaire », les Mouvements de jeunesse étaient « populaires », les Arts & Traditions étaient « populaires » – tout était populaire, sauf le peuple.

Tout est islamique, en terre d'islam.

« L'islam est un englobant » (Tariq Ramadan).

Ce « renouveau de l'islam » dont les politologues nous rebattent les oreilles depuis des années n'est ni religieux ni spirituel… Ni un renouveau, du reste. Il n'y a pas évolution mais involution. Dès les années 20, des nationalistes plus ou moins fascisants trouvaient dans la religion musulmane l'arme politique du combat pour la décolonisation et la prise du pouvoir. Non pas une fin mais un instrument, un moyen. Ou, pour mieux dire, le moyen qui serait à la fois la fin : le pouvoir. La religion, la culture islamiques ont été instrumentalisées à cette seule fin : le pouvoir sur les masses.

Aujourd'hui, une arme, un instrument de domination dans les mains des monarques musulmans, des dictateurs musulmans, des dirigeants musulmans, des régimes forts musulmans. De Rabat à Jakarta, de Damas à Khartoum.

Or, je serais le premier à me réjouir d'un renouveau civilisationnel, culturel, voire simplement cultuel, de l'islam, mais comment y croire ? La décadence, je le crains, est irréversible. L'islam, je le crains, n'est pas réformable de l'intérieur.
Quand je lis ici ou là, et parfois sous la plume de penseurs que j'estime hautement, quand je lis qu'il existerait encore aujourd'hui un « islam des Lumières » ! ou, mieux : qu'un nouvel islam, humaniste, se construit ! j'en reste abasourdi. Et je n'en crois pas mes yeux lorsque je vois en couverture d'une revue réputée pour son sérieux, pas même assorti d'un point d'interrogation, ce titre :

UN NOUVEL ISLAM

Hallucination de leur part ? Wishfull thinking provoqué par une peur panique ?
Car enfin, où voit-on le moindre indice que quelque chose aurait bougé depuis dix ans, vingt ans, trente ans ? le plus petit ébranlement dans l'édifice, la plus petite brèche… Qu'on me cite un fait, un seul, qui puisse vaguement suggérer une évolution, ne seraient-ce que les prémices d'une évolution, la très lointaine possibilité d'une

ouverture, le plus minime espoir d'un aggiornamento ! « Dans notre bled, on n'a toujours pas le Coran alternatif », plaisante Jalil.

S'il existait un islam des Lumières, si un nouvel islam se construisait, depuis le temps, quelques voix dans le clergé musulman, quelques voix au moins se seraient fait entendre pour condamner la fatwa lancée contre Salman Rushdie, pour lancer une contrefatwa contre ses auteurs... Mais non, rien. Silence de mort, c'est le cas de le dire.

Si un nouvel islam se construisait, depuis le temps, quelques religieux se seraient concertés pour réfléchir à la condition de la femme en Islam, quelques religieux se seraient déclarés pour l'abolition de la peine de mort, pour l'abolition des supplices... A-t-on jamais entendu pareille chose dans la bouche d'un mufti, d'un imam, d'un mollah, d'un ayatollah, d'un marabout, d'un commandeur des croyants, ou que sais-je ? A-t-on jamais seulement entendu un chef d'État musulman s'élever publiquement, en termes sans équivoque, contre l'antisémitisme de son peuple, contre le racisme de son peuple ? Dans quel pays musulman, quelqu'un qui aurait l'insolence de prononcer publiquement, à la télévision, par exemple, la phrase « Dieu est mort », ne courrait pas le risque de se faire tuer sur l'heure ou de se voir lourdement condamner en justice dans les jours qui suivent ?

J'attends. J'attends. J'attends la plus petite manifestation d'humanisme venue de l'Islam. Je ne vois rien venir. Je suis comme le héros du *Désert des Tartares*. Silence de l'Islam. Immobilité. Refus absolu d'évoluer, de s'ouvrir aux droits de l'homme, de faire un pas vers nous.

Seul espoir : la lutte héroïque des femmes en faveur de ces droits de l'homme qui font si cruellement défaut à l'Islam.

Honneur à ces femmes qui se dressent contre l'oppression plus que millénaire et disent : « Assez ! »

Et il faut se réjouir que le prix Nobel de la paix ait été attribué cette année à Chirine Ebadi.

■

Et j'appelle donc islam ce désastre, cet astre obscur chu de la négation du présent, cet englobant qui se répand sur le globe… Cet air irrespirable.

Les causes de ce désastre ? Pas ici. Il y faudrait des centaines de pages et un historien rigoureux, et un érudit vigoureux, ce que je ne suis pas.

Deux ou trois pistes cependant, des traces de piste dans ce désert.

La trop forte teneur en monothéisme de ce monothéisme-là. Dans *Les Particules élémentaires*

– à moins que ce ne soit dans *Plateforme* ? –, Michel Houellebecq fait la remarque judicieuse que plus une religion monothéiste est monothéiste, plus cruelle elle est. Remarque qui lui a également valu des remontrances outrées de la cabale des dévots, laquelle a décidément tout d'une conjuration des imbéciles.

Car si c'est une absurdité que l'écrivain profère, Spinoza et Nietzsche aussi sont à jeter au panier. Et Pascal, avec, dont tout le déchirement spirituel vient de ce tragique paradoxe, de l'effroi que suscite le lien étroit entre la joie sacrée et la cruauté. La joie serait l'avers lumineux de la noire cruauté du Dieu unique. La cruauté, la face cachée du Dieu caché.

Autre cause : le « Tout est dans tout » de ce monothéisme. La tautologie coranique. Le Coran est tout, tout est dans le Coran. « Le Coran est le tout du monde » (Tariq Ramadan). Et donc, l'incapacité, pour le musulman de rendre à Dieu ce qui revient à Dieu, à César ce qui revient à César. L'impossibilité, parfaitement totalitaire pour le coup, d'établir une société civile : une société qui pour toutes les décisions concernant la vie en société ne s'en remettrait plus au Livre, mais au débat sur l'agora.

Dans son discutable, sans doute – quel essai ne l'est pas ? –, dans son discutable mais magistral *Averroès et l'Averroïsme*, Ernest Renan (vous savez ? le « raciste » Ernest Renan, l'« islamophobe » Ernest Renan !), Ernest Renan pointe là le défaut majeur, l'erreur fatale de l'Islam. De n'avoir pas recueilli comme l'a fait le christianisme « l'héritage humain et rationnel d'Athènes et de Rome ».

C'est pourtant un musulman, Ibn Ruchd – Averroès – qui alla le plus loin sur le chemin de cette rencontre. Il fit, au XIIe siècle de l'ère chrétienne, quand le christianisme était encore embourbé dans le dogmatisme, la plus radicale critique qui soit de la confusion, si néfaste, entre vérités de fait et vérités révélées. En persécutant Averroès, en le condamnant, l'Islam s'est condamné à la nuit. Le repli, l'enlisement dans ce bourbier obscurantiste, l'engluage dans l'Englobant. Les ténèbres vertes.

■

J'appelle civilisation « *Was bleibt* », ce qui reste, comme disait Christa Wolf au lendemain de la chute du mur de Berlin. Ce qui reste de l'humanisme, ses fastes, ses enchantements, ses sortilèges, ses joies. Ce qui n'a pas encore été intégralement consumé aux feux de la rampe du Spectacle. Ce peu d'immortalité que Nabokov pouvait offrir à Lolita, pour finir : « Je pense aux aurochs et aux anges, au secret des pigments inaltérables, aux sonnets prophétiques, au refuge de l'art. »

Je pense au divin larghetto du *Quintette pour clarinette en la majeur*, de Mozart. L'envol, le virage sur l'aile... Je pense à cette scène dans l'*Iliade* : le reflet sur le casque d'Hector, et qui effraie son très jeune enfant, comme un pressentiment du destin tragique du père. Je pense au sublime récit de l'agonie de Falstaff, par Shakespeare, à celui non moins sublime de l'agonie de Don Quichotte par Cervantès – Cervantès, ou Cid Hamet Ben Engeli ? Je pense à la dignité des nains, des fous, des chiens peints par Vélasquez. Le rose d'une écharpe, ces éclats de givre, légers rehauts, furtifs jetés du pinceau sur les bistres bleuis de la terre nue, ce transparent glacis des lointains, soudain si proches, et, plus haut, le nuage juste esquissé, brossé à main levée dans ce ciel vide, le voilant à peine... Je pense au chien de Goya, enfoui jusqu'au cou dans sa sableuse condition de chien. Je pense à Winnie qui, enfoncée jusqu'au cou elle aussi, a le cran de s'écrier encore, c'est humain : « Oh les beaux jours... » Ce qu'il y a de gris dans notre griserie, de rose dans le morose : ce que l'artiste nous donne à voir.

Ce peu qui reste, ce reliquat du trésor, je ne veux pas qu'on me le vole. Ni aucun des dons que je tiens d'une morale du plaisir et de la liberté.

L'idée, toujours neuve en Europe, et qui n'effleure plus l'Islam alors qu'elle inspira jadis tant de poètes qui vécurent en terre d'islam : l'idée que deux êtres qui se donnent du plaisir ne nuisent à personne, ne font donc pas le mal – mais le bien.

Tandis que j'écris ces dernières lignes au fil de la plume, des joies, des éclats de joie me reviennent en mémoire. L'émotion de Moustafa, larmes aux yeux après une lecture de Primo Levi. Le plaisir qu'il prit à lire Baltasar Gracián, Miguel de Unamuno, ou *Don Quichotte*. Son regard sur l'*Ecce homo* du Titien, son regard sur *Les Ménines*. *Saeta*, de Miles Davis, que nous écoutons ensemble, un soir... Le solo de trompette avec sourdine velours qui feule, qui crie notre solitude au monde, mais aussi notre joie. « Approbation de l'existence tenue pour irrémédiablement tragique : auquel cas la joie est paradoxale mais n'est pas illusoire » (Clément Rosset).

Mais les ténèbres vertes gagnent.
Je dis : « Assez ! »
Et mes amis, claquant dans leurs doigts : « Xlas ! »

ÉCR. L'INF.

Paris, 19 octobre-7 novembre 2003

Merci à Gregory Martin
pour l'aide précieuse qu'il m'a
apportée dans mes recherches.

– J.-A. L. –

Du même auteur (suite)
La gloire est le deuil éclatant du bonheur, Julliard, 1995
Selva Oscura, Nouvelle édition, Julliard, 1995
L'Autre Falstaff, Mercure de France, 1996.
Folio Gallimard, 1997
Ma vie (titre provisoire), Salvy, 1997
Maestranza, L'Arpenteur/Gallimard, 2000
On en est là, Denoël, 2003

SOUS LE NOM D'ÈVE SAINT-ROCH :
Prima Donna, Stock, 1988. Édition intégralement
pilonnée par l'éditeur

SOUS LE NOM DE PAUL SMAÏL :
Vivre me tue, Balland, 1997. J'ai Lu, 1998
Casa, la casa, Balland, 1998
La Passion selon moi, Laffont, 1999. J'ai Lu, 2003
Ali le Magnifique, Denoël, 2001. J'ai Lu, 2003

À PARAÎTRE
Hé bien ! la guerre
Mon Fils
H'Nana
Les Aurochs et les Anges

IMPUBLIÉ (ABLE)
Gens de lettres et de maison

DISCOGRAPHIE

SOUS LE NOM DE MELMOTH :
La Devanture des ivresses, Arion CBS, 1968.
Réédition CD : Mantra FGL, 1992

SOUS LE NOM DE DASHIELL HEDAYAT :
Obsolete, Shandar RCA, 1971.
Réédition CD : Mantra FGL, 1992

*Cet ouvrage
a été transcodé
et achevé d'imprimer
sur Roto-Page
en novembre 2003
par l'Imprimerie Floch
à Mayenne.*

*D.L., décembre 2003.
Éditeur, n° 128627.
Imprimeur, n° 58655.
Imprimé en France.*